神隠し

町医・栗山庵の弟子日録（二）

知野みさき

PHP
文芸文庫

○本表紙デザイン＋ロゴ＝川上成夫

神隠し　町医・栗山庵の弟子日録（二）　目次

深川・浅草界隈地図
不忍池
神田川
両国広小路
両国橋
回向院
覚前屋
伊勢屋
三間町
浅草寺
大川橋
本所
N

「トンビが見た江戸の町」を参考に作成

主な登場人物

石川《いしかわ》　凜《りん》
元津藩《つ》の武家の娘。家族を死に追いやった仇《かたき》を追って江戸に出て、千歳と出会い、弟子になる。

栗山千歳《くりやまちとせ》
元伊賀者《いがもの》の町医。栗山庵《あん》の主《あるじ》。江戸一の名医だが治療代は高い。

佐助《さすけ》
男の子の格好《かっこう》をしているが実は女の子。自称、千歳の一番弟子。火事で左腕を失っている。

清水柊太郎《しみずしゅうたろう》
栗山庵の裏の長屋に住む美男の浪人剣士。佐々木《ささき》道場の師範代《しはんだい》。

蓮《れん》
伊賀者で、千歳の幼馴染《おさななじ》み。大坂の廻船問屋《かいせんどんや》・結城屋《ゆうきや》の嫁。

稲《いね》
伊賀者。浅草《あさくさ》の万屋《よろずや》・伊勢屋《いせや》の女将《おかみ》。

由太郎《よしたろう》
両国《りょうごく》の料理茶屋・覚前屋《かくぜんや》の跡取り息子。

望月《もちづき》　要《かなめ》
元伊賀者で、千歳の幼馴染み。遊女屋から凜を請《う》け出すが、のちに行方《ゆくえ》知れずになる。

第一話　秋雨《しゅうう》

一

酒で喉《のど》を湿らせ、豆腐《とうふ》の田楽《でんがく》を二口で食べてしまうと、清水柊太郎《しみずしゅうたろう》がおもむろに問うた。

「……それで、さっきのは一体どういうことなんでぇ?」

「さっきの?」と、佐助《さすけ》がとぼけた声で応《こた》える。

「お前がお凜《りん》さんに馴《な》れ馴れしくしていたことさ」

今宵《こよい》は中秋《ちゅうしゅう》の名月で、栗山庵《くりやまあん》ではささやかな月見の宴《うたげ》が開かれている。

栗山庵は町医・栗山千歳《ちとせ》の診察所で、弟子の石川《いしかわ》凜は卯月《うづき》の半ばからここに住み込んでいる。佐助は千歳が一昨年引き取ったみなしごで、柊太郎は裏の長屋に住む浪人剣士だ。

千歳が猪口《ちょこ》を片手にくすりとする傍《かたわ》ら、柊太郎が更《さら》に問う。

「もしや、お前とお凜さんは姉弟《きょうだい》なのか?」

「姉弟?」

「何か事情があって、生き別れたとか……」

「てめぇの目は節穴か? おれとお凜さんじゃ、まるきり似てねぇだろ」

「そうか？　まるきり似てねぇってこたねぇぞ。腹違いか、種違いならありうる話だと思ってよ」

「莫迦野郎《ばかやろう》」

「だったらなんだ？　……まさか、この俺を差し置いて、お凛さんと言い交わしたってんじゃねぇだろうな？」

目をぱちくりしたのち、佐助が噴《ふ》き出す。

「まさか」

「じゃあなんだ？　もったいぶんなよ、この野郎」

「もったいぶってなんかねぇや。おれたちは女同士だから、少々べたべたしたところで、咎《とが》められる筋合いはねぇんだよ」

今度は柊太郎が目をぱちくりした。

「おれたちってのは――」

「おれとお凛さんさ。それとも柊太郎も実は女なのか？」

「ば、莫迦を言うな！　俺はれっきとした男だ！」

「声がでけぇよ」

「お、お前――お前、ほんとに女なのか？」

「おう。玉も竿《さお》もついてねぇぜ」

「佐助さん」

呆《あき》れ声で凛がたしなめると佐助は肩をすくめたが、悪びれずににやにやした。

「それにしても、もう二年もうちに出入りしているくせに気付かねぇたぁな。お凛さんなんか、一月《ひとつき》余りで見破ったのによ」

「そ、そうだったのか？」

「ええ、まあ」

川に落ちた佐助を抱きかかえたことに加えて、佐助に月のものがきていたことに気付いたからだが、驚き顔の柊太郎に凛は精一杯澄まして応えた。

「私の方こそ驚きました。柊太郎さんは、佐助さんの身の上をとうにご存じだと思っていましたから」

「そうでもねぇのさ。なんだか面と向かっては問いづらくてよ。火事で崩れた家の下敷きになったとか、その火事で二親《ふたおや》が亡くなって、みなしごになった佐助を先生が引き取ったとか、長屋や町のみんなが噂してたのを耳にしただけだ」

「そうでしたか」

「そもそも先生が訳ありだもんな。きっと、俺には言えねぇことが山ほどあるに違《ちげ》えねぇと思ってよ。それにお凛さんみてぇなお人ならともかく、こんなくそ生意気な餓鬼《がき》のことなんざ、大して気にかけちゃいなかったんだよ」

というのはおそらく方便《ほうべん》で、凜の過去を含めてこれまで深く問わずにいたことは、柊太郎の思いやりの内だろう。

「それにしたって、どうして男の振りなんか——お前もやっぱり、先生の一族の者だったのか？」

凜も千歳も郷里は伊勢国《いせのくに》だが、生い立ちは多分に違う。凜は濡《ぬ》れ衣《ぎぬ》を着せられて取り潰しの憂《う》き目にあった元武家の娘、千歳は医者になるために「一族」を抜けた元伊賀者《いがもの》だ。

佐助は「一族とはかかわりがない」と以前、千歳から聞いたものの、凜はいまだ佐助の過去をよく知らない。ただ、火事で二親と左腕を失くした折に「命の恩人」である千歳に引き取られたということの他、佐助自身から「逃げて来た」とも聞いていた。

——どうしても帰りたくない、あすこに戻されるくらいなら舌を嚙み切って死んだ方がましだって言ったら、先生が家にいていいって言ってくれた——

どこから、どういういきさつで逃げて来たかは明かされなかったが、おやきが好物なことから、生国《しょうごく》は信濃国《しなののくに》ではないかと凜は推察していた。

それとも、実は柊太郎さんの推し当て通り、親子共々——もしくはご両親が伊賀者だったのかしら……？

柊太郎と二人して佐助を窺《うかが》うと、佐助は千歳をちらりと見やって応えた。

「残念ながら、おれは一族のもんじゃねぇ」

「うむ」と、千歳も頷《うなず》いた。「佐助を引き取った折に『同郷のよしみ』としたゆえ、表向き佐助は伊勢で生まれ育ったことになっているが、二親や佐助の身元は、後から一族の手を借りて誤魔化《ごまか》した」

佐助が下敷きになった「家」は、実際は馬喰町《ばくろちょう》の旅籠《はたご》だった。馬喰町には旅籠が多く、千歳はちょうどその時、一族が営む旅籠・伊勢屋にいたそうである。

「また伊勢屋か……」

柊太郎がそうつぶやいたのは、凜や千歳が懇意《こんい》にしている浅草《あさくさ》の万屋《よろずや》がやはり伊勢屋という名だからだ。名物として「伊勢屋、稲荷《いなり》に犬の糞」といわれるほど、江戸市中には伊勢屋が多い。

「ありきたりな名だからこそ、一族にはいい隠れ蓑《みの》になるのだ。——それはさておき、あの火事で佐助の二親が亡くなったというのは嘘だ。あの時佐助は一人で、着物を盗むために旅籠に忍び込んだそうだ」

凜と柊太郎が再び揃《そろ》って見つめると、佐助は居心地悪そうに目を落とす。

「……おれはほんとは信濃から来た。親は小作人《こさくにん》で、いつも金に困っててよ。女はあんまし役に立たねぇから、人買いに買われたんだ。でもって売られた先がひでぇところで、半年ほどで逃げ出した。あん時は江戸をよく知らなかったから、どこをどう走ったか判《わか》らねぇんだが、いつの間にか馬喰町に来ていてよ。女の格好《かっこう》だとすぐに見つかっちまうだろうから、男の着物を盗もうと思ったんだ」

呉服屋や古着屋よりも旅籠の方が盗みやすいと踏んで、佐助は客の子供の振りをして旅籠・駿河屋《するがや》に忍び込んだという。

「子供の着物が見つからねぇから、大人の着物を端折《はしょ》ってよ……けど着替えちまったら肚《きも》が据《す》わって、どうせ行くあてがねぇんだから、一晩隠れて過ごせねぇかと思って、布団部屋を見つけてもぐり込んだのさ」

逃げる前に持ち出した握り飯を腹に収めると、疲れがどっと押し寄せて、佐助は眠り込んでしまった。

「あんまり疲れてたもんだから、半鐘《はんしょう》にしばらく気付かなかったみてぇでよ。火事だと知って廊下《ろうか》に出た時には、もうみんな逃げた後だった。煙がすごくて、うろうろするうちに天井《てんじょう》が落ちてきて、梁《はり》に腕を挟まれちまった」

一方、千歳は半鐘を聞いて、鉈《なた》と往診箱——道具や薬が入った旅行李《たびごり》——を持って火事場に駆けつけた。

「怪我人《けがにん》が出たら、何か役に立てることがあるだろうと思ったのだ。火消したちは打ち壊しに余念がなかったが、夕刻で風が強くてな……焼けた家々では煙に巻かれた者や、佐助のように瓦礫《がれき》に阻《はば》まれて逃げられずに死した者が幾人も出た。だが風はまた、佐助の声を運んでくれた」

それはか細いすすり泣きだったそうだが、元伊賀者の千歳の耳にはしかと届いたらしい。すぐさま水を被《かぶ》って、千歳はまだ燃え盛っている旅籠の中へ飛び込んだ。

「後はお二人も知っての通りさ」と、ややおどけて佐助が続けた。「一人じゃ梁は動かせねぇし、助っ人を呼ぼうにも間に合わねぇ。残念だが腕は置いてゆけと言われてよ。死ぬほど痛かったけど、死ななかった。でもって先生のおかげで、今はこうしてぴんぴんしてらぁ」

柊太郎ほどではないが、凜も驚きを隠せなかった。

人買いに「買われた」ということは、親に「売られた」ということだ。

千歳曰《いわ》く、身元の判らぬ焼死体がいくつもあったため、のちに内二つは佐助の二親ではないかと届け出た。佐助やその両親は江戸見物に来て伊勢屋に泊まっていたが、あの日は駿河屋の客を三人揃って訪ねていたことにしたそうである。

「佐助や二親の手形《てがた》は、一族の者が偽造した。佐助が女だと知っているのは、一族でも伊勢屋の者と手形にかかわった者、それからお蓮《れん》くらいだ。ああ、深川《ふかがわ》に引っ越すにあたって町年寄《まちどしより》には明かしたが、口止め料を弾《はず》んでおいたゆえ、彼から漏れることはないだろう」

町年寄は人別帳《にんべつちょう》を取り仕切っている。手形もそうだが、人別帳にも性別は誤魔化さぬ方がよいと判じたという。

蓮は大坂の廻船問屋《かいせんどんや》・結城屋《ゆうきや》の女将《おかみ》にして、千歳の幼馴染《おさななじ》みでもある。結城屋は表茅場町《おもてかやばちょう》に江戸店《だな》があり、蓮は今、江戸店の方に滞在している。蓮は文月《ふづき》に佐助を「人質《ひとじち》」とした折に、佐助が女児だと見破ったそうである。

千歳は佐助を引き取るまでは大伝馬町《おおでんまちょう》に診察所を構えていたが、二人暮らしには手狭だったため、柊太郎の口利きで元蕎麦屋《そばや》だった今の栗山庵に移った。

「偽造に口止め料ときたか。すげぇな、先生の一族は」

「金や力があれば、大概《たいがい》のことはなんとかなるものだ」

「そうだけどよ……しかし、お前が女たぁな」

「なんでぇ、まだ疑ってんのかよ？」

おやきを頬張りながら、佐助は鼻を鳴らした。

「いや、お前はともかく、先生やお凜さんまでそう言うんだから信じるけどよ。女となると、これまで通りにゃいかねぇからよ……」

「なんでだよ？　おれぁ女に戻る気はねぇからな。だからこれまで通りでいいんだよ。柊太郎のくせに余計な気を遣うんじゃねぇ」

「よ、余計なとはなんだ。俺はなぁ……まあいいか。そんなら遠慮なく、そうさしてもらおうか」

にやりとして柊太郎は、佐助が新たに手を伸ばしたおやきを横からかすめとった。

「あっ、何しやがる！」

「男なら手加減無用だからな。おやきも団子《だんご》もどんどん食ってやる」

「おやきは柊太郎は二つだけだぞ。二つしか食うなよ。団子は三つまでだ。おれと先生とお凜さんは四つずつ――」

「団子は判るが、おやきは三つずつだろう。なぁ、お凜さん？」

十五夜ゆえ団子は十五個だが、おやきは四人分として十二個作った。

揃って己《おのれ》を見やった佐助と柊太郎へ、凜は苦笑と共に応えた。

「どうでしょう？　うちのおやき奉行《ぶぎょう》は佐助さんですから、お奉行さまの仰せの通りになさってくださいませ」

「ちぇっ」

わざとらしい舌打ちを漏らしたものの、凜が銚子《ちょうし》を差し向けると、柊太郎は相好《そうごう》を崩して猪口を差し出した。

二

佐助が信濃国の出で、人買いに連れられて江戸へ来たことは判ったが、どこへ売られたのか、どんな境遇だったのかは謎のままだ。

月見の宴では問い詰めることはなかったものの、柊太郎も気になっていたらしく、翌々日、凜が一人の時を見計らって切り出した。

「お凜さんは、あいつの生い立ちを知ってたのかい？」

「いいえ。信濃から来たことも――そうではないかとは思っていましたが――お月見の日に初めて聞きました」

「そうかい。じゃあ、あいつがどこから逃げて来たのかは？」

「それも知りません。ただ、佐助さんは先生に、『あすこに戻されるくらいなら舌を嚙み切って死んだ方がましだ』と言ったそうです」

「そうか……二年も経ってっから、追手《おって》ももう諦《あきら》めたかもしんねぇけどよ。用心に越したこたねぇだろう」

興味本位ではなく、柊太郎は佐助を案じているらしい。

「実は私も佐助さんを案じて、昨日《きのう》先生に訊《たず》ねてみたのですが、先生も佐助さんがどこから逃げて来たのか、どんな仕打ちを受けていたのか、詳しくは知らないそうです」

――言いたくなくば言わずともよいと、助けた折に言ってしまったからな。それでもお凜さんよりはあいつのことを知っているだろうが、私が勝手に明かすことはできんよ――

そう言って千歳は苦笑した。

無理に身の上を明かすことはない――と、凜も千歳に言われている。

――その代わりといってはなんだが、佐助の身の上も、無理に探るような真似《まね》はしないでくれ――とも。

人買い、と聞いて真っ先に思い浮かぶのは花街《かがい》だ。だが吉原《よしわら》なら、十三、四歳までは禿《かむろ》として姉女郎《あねじょろう》に仕えることがほとんどで、佐助の歳なら客を取らされることはない筈《はず》だ。

宿場ではどうだか知らないけれど――

また、鉄漿《おはぐろ》どぶに囲まれた吉原よりも、宿場の方が逃げやすいと思われる。

「……まあ、先生には――お凜さんにも――言えねぇこともあるんだろうな」

どうやら柊太郎も「花街」が念頭にあるようだが、佐助のみならず、己にも向けられた言葉に思えて、凜はどきりとした。

凜は四年前、郷里の伊勢国は津《つ》で、亡くなった兄の同輩に裏切られて花街に売り飛ばされた。運良く一年余りで、千歳の幼馴染《おさななじ》みにしてやはり元伊賀者の望月《もちづき》要《かなめ》に請《う》け出されたが、女郎だったことはまだ誰にも明かしていない。

もしや柊太郎さんは、私が元女郎だと勘付《かんづ》いているのだろうか……？

凜の疑念を知ってか知らずか、柊太郎はにっこりとした。

「誰にでも一つや二つは、言いたくねぇ秘密があらぁ。それにこの俺が騙《だま》されたくれぇだからな。追手があいつを見かけたところで、一見《いちげん》じゃあばれねぇだろう。顔かたちは似ていても、今は男で片腕だもんな」

「ええ。ですから先生も、そう案ずることはないと仰っていました」

佐助は常日頃から往診の伴《とも》や遣いとして市中を歩き回っているが、追手の姿はもちろん、その気配《けはい》を感じたこともまだないらしい。

「そんならいいが、何かあったら知らせてくれよ。俺だけ仲間外れは勘弁だ」

「何かありましたら、必ずお知らせいたします。柊太郎さんのこと、私どもはあてにしておりますから」

「へへっ」

柊太郎と凜は同じく二十二歳で、背丈も五尺四寸と変わらぬが、免許皆伝《めんきょかいでん》の剣術遣いだ。

二日後の昼下がり、葉月《はづき》は十九日に、凜は遣いを兼ねて佐助を浅草の伊勢屋に連れて行くことにした。

「いいの？」と、佐助が声を弾ませる。

「ええ。先生からも許しを得てあるわ。女将《おかみ》さんは先生の伯母《おば》さんのようなお方だから、佐助さんも顔を合わせておいた方がいいでしょう」

「よかった。だって柊太郎はもう連れてったんだろ。おれだけ仲間外れみてぇで嫌だったんだ」

「仲間外れだなんて」

柊太郎と似たようなことを言う佐助に、凜は思わずくすりとする。

「柊太郎さんには浅草で頼みたいことがあったから、お遣いのついでにやむなく連れて行っただけよ」

「ふうん。柊太郎は逢引《あいびき》みてぇなこと言ってたけどな」

「なんですって？」

「冗談だよ。ちょいと鎌《かま》をかけてみただけさ。けれども、お凜さんは相変わらずその気はねぇんだな？」

「あたり前です」

「あははっ。柊太郎のやつ、報《むく》われねぇな」

「逢引だなんて……佐助さんは先生とお蓮さんのことも疑っていたでしょう。おませさんね。一体どこでそんな言葉を覚えたの？」

千歳との約束通り「無理に探るような真似」はしないが、これくらいは世間話としてよいだろう。

「どこって、市中を歩いてりゃ、あちらこちらで耳にするさ。逢引くれぇでおたおたするなんて、お凜さんはうぶだなぁ」

「私がうぶ？」

「なんせ、お武家の娘さんだもんな」

「元、よ。家はとうに取り潰されましたから」

「それにしたってよ。古着を着てても、育ちの良さが滲《にじ》み出てらぁ」

凜は今日は唐茶色《からちゃいろ》の袷《あわせ》に梅鼠色《うめねずいろ》の帯、佐助は鳶色《とびいろ》の縞《しま》の袷に岩井茶色《いわいちゃいろ》の帯を締めていて、どれも先日、古着屋で仕入れた物だ。

口角《こうかく》を上げた佐助の顔に嫌みは見られず、凜は苦笑を浮かべた。

確かに、私はうぶだった……

四年前までは。

吉原の年季《ねんき》は最長十年、上は二十七歳までだという。しかし、十年勤め上げる遊女はそういない。大方の遊女は折檻《せっかん》や堕胎《だたい》、病《やまい》で年季明けを待たずに死していく。

凜が苦界《くがい》にいたのは一年余りだが、幾度も自死を考えたほど、妓楼《ぎろう》での暮らしは屈辱《くつじょく》に満ちていた。己がうぶに見えるのならば、うまく隠せているのだろうが、佐助もまた無邪気な顔の向こうに、辛い過去を抱えているのだと思うと胸が締め付けられる。

万屋・伊勢屋の女将は、五十路《いそじ》過ぎで名を稲《いね》という。

店先を店者《たなもの》に任せて凜たちを奥へ招き入れると、稲は改めて佐助を上から下まで見やって言った。

「私が稲だ」

「おれは佐助――佐助といいます」

千歳の「身内」だからか、佐助は丁寧《ていねい》に言い直して頭を下げた。

「うん、知ってるよ。ちゃんと顔を合わせるのは初めてだけど、千歳がお前の腕を落とした折に、痛み止めやら偽《にせ》の手形やらを手配りしたのは私だからね」

「そ、その節《せつ》はありがとうございました」

「ふふふ、それはさておき、洒落《しゃれ》た物を下げてるじゃないか」

片腕の佐助は、長さ一尺、高さ七寸、幅三寸ほどの、大きめの胴乱《どうらん》を肩から斜めに下げている。

「お凜さんが作ってくれたんです」

「ふうん、こんな物も作れんのかい」

「中の籠《かご》は職人さんから買った物ですが、縫い物は一通り習いましたから」

「料理もうまいんだってね。やっぱりうちで働いて欲しかったよ」

「先生のところをお払い箱になることがあれば、その時は是非《ぜひ》」

「な、ならねぇよ。先生はお凜さんを気に入ってるもの」

佐助が慌てて首を振るのへ、稲がにやりとする。

「そうかい？　だが、お前はお凜さんを追い出そうとしてんだろう？」

「昔の話さ。今はそんなことねぇ——ねぇです。なぁ、お凜さん？」

栗山庵に居候《いそうろう》するようになってほんの四箇月余りだが、まだ子供の佐助には、とうに「昔」のことらしい。

「ええ、今は仲良くしております。ね、佐助さん？」

「おう」

「ふうん」と、稲は更に、にやにやした。「それでお前は、一体いつまで男の振りをするんだい？」

ふいに問われて、佐助はもちろん、凜も束の間、言葉を失った。

「いつまでって——いつまでもです。おれはずっと男として生きてくんです」

「そんなこと言ったって、いつまでも誤魔化せやしないだろう。月のものがきたり、胸が膨《ふく》らんできたりするからね」

「つ、月のものは丁字帯《ていじたい》で隠せばいいし、胸にもさらしを巻きゃあいい」

「それくらいで隠せるもんなら、くノ一も苦労しないさ。身体つきならまだなんとかなるが、男と女じゃ『匂い』が違うからね」

「匂い？」

問い返しながら、佐助は自分の右腕を鼻に近付けてその匂いを嗅《か》いだ。

男児の振りをしているがゆえに、佐助は湯屋《ゆや》には行かず、絞った手ぬぐいで身体を拭《ぬぐ》うのみである。

「肌の匂いじゃないよ。気配――強《し》いて言うなら色気のようなものさ」

「色気？　おれは色気なんか出さねぇさ。おれは誰とも一緒にならねぇ。子作りも勘弁だ。おれは――おれはずっと先生の弟子として暮らすんだ」

「別に女に戻っても、千歳はお前を追い出しゃしないさ。お凜さんがいい例だ」

「それは……でもおれは、男がいいんだ」

すっかりいつもの物言いに戻って頬を膨らませた佐助を、稲は笑い飛ばした。

「はははは。まあいいさ。そんならお前がいつまで男でいられるか、博打《ばくち》のねたにでもさせてもらおうか。お凜さん、千歳にも一口乗るよう伝えておくれ。なんなら、お前さんも一緒にどうだい？」

「博打はご法度《はっと》ですから」

「こらお堅いこった」

稲から千歳への荷物を受け取ると、凜たちは早々に伊勢屋を後にした。

稲に言われたことが気にかかっているのだろう。佐助はしばらく黙り込んでいたものの、凜が両国広小路《りょうごくひろこうじ》でおやつにしようと誘《さそ》ってみると、途端《とたん》に目を輝かせる。

広小路の出店《でみせ》で団子を買って、凜は機嫌を直した佐助と両国橋へ向かった。

欄干《らんかん》から水面《みなも》を行く何艘《そう》もの舟を眺めながら、のんびり橋を渡ると、一之橋《いちのはし》へ向かう途中の料理茶屋・覚前屋《かくぜんや》の前で由太郎《よしたろう》に呼び止められた。

三

「佐助さん！　お凜さん！」

駆け寄って来た由太郎は覚前屋の跡取りで、佐助より二つ年上の十四歳だ。

「なんでぇ？　なんか用か？」

「ええ。道場のことでお礼を申し上げたくて……」

由太郎は水無月《みなづき》に、岳哉《たけや》という美男に手込《てご》めにされた。そのことからひととき気《き》鬱《うつ》になって、自死を試みたこともあったが、凜がやはり手込めにされた過去を打ち明けたことや、岳哉が自慢の顔を「鎌鼬《かまいたち》」に切られて江戸を去ったことから気鬱を脱したようだ。

強くなりたいと願う由太郎は葉月《はづき》から、凜に倣《なら》って、心身の鍛錬《たんれん》のために柊太郎が師範代《しはんだい》を務める佐々木《ささき》剣術道場に通い始めた。

「お凜さんと佐助さん、お二人とも佐々木先生と清水先生にお口添えしてくださったそうですね。そのおかげで、先生たちにも門人の皆さんにも親切にしていただいております」

鎌鼬の正体は実は柊太郎で、由太郎の気鬱の事由《じゆう》を知っているのは、凜と柊太郎、千歳の三人のみ、佐助や由太郎の両親にも伏せたままである。

男ばかりの道場に通うことを凜たちは案じていたが、由太郎の口ぶりは思いの外《ほか》楽しげで、凜はひとまずほっとした。

「口添えというほどのことはしておりませんが、お気に召したようで何よりです」

「そうとも」と、佐助も口を挟んだ。「お礼なんて大袈裟《おおげさ》だ。柊太郎はうちの裏に住んでっからよ。何を伝えるにも手間要《い》らずさ。それに佐々木先生も柊太郎も滅法強《つえ》ぇが、あすこは門人が——それも金持ちがあんましいねぇからな。月謝をちゃんと払ってくれるお前さんのようなぼんぼんを、断る手はねぇんだよ」

凜が口の利《き》き方をたしなめる前に、由太郎が噴《ふ》き出した。

「そうか。それなら、私も少しはお役に立てそうでよかった」

「おう。だから早々に音《ね》を上げんじゃねぇぞ」

由太郎の笑顔に戸惑いながらも佐助が応《こた》えると、由太郎は更に微笑《ほほえ》んだ。

「うん。佐助さんたちに恥をかかせないよう、しっかり稽古《けいこ》に励むよ。ただ、稽古が佐助さんたちと一緒じゃなくて残念だ。――お二人は、皆さんがお帰りになった後に稽古されているそうですね」

「ええ。どうも、女と一緒の稽古をよく思わぬ方がいらっしゃるようでして」

「そうだったのですか」

「おれもこんななりだから、他のやつらとは別の方が気楽でいいや」

「で、でも佐助さんは、ほら、先生のお仕事をちゃんと手伝っててえらいよ」

「なんだか莫迦にされてるみてぇだな」

「とんでもない。そりゃ治療をしたのは先生だけど、佐助さんは友蔵《ともぞう》に声をかけてくれたじゃないか」

友蔵は覚前屋の板前《いたまえ》で、見習いが誤って落とした包丁によって足を負傷した。由太郎が気鬱になる前のことである。

――案ずるこたねぇです。時はかかるでしょうが、こんくれぇなら切らなくてもきっと良くなりやす。たとえ切ることになっても、死にやしやせん。おれを見てくだせぇ。うちの先生は江戸一の名医ですぜ――

「佐助さんがああ言ってくれたから、友蔵も私《へえ》も安心したんだよ」

「てやんでぇ。あんなのは手伝いの内に入らねぇや」

照れ臭いのか佐助はそっぽを向いたが、凛は由太郎と笑《え》みを交わした。

「そうだ。今度うちにおいでよ。栗山先生と、なんなら清水先生もご一緒に。諸々《もろもろ》のお礼を兼ねてご馳走《ちそう》するからさ」

「ご馳走？」

興《きょう》を示すも、佐助はすぐさま、つんとする。

「けっ。おれぁこんなとこで見世物《みせもの》になる気はねぇぜ」

片腕ゆえに家では脚高《あしだか》の膳《ぜん》を使っているが、並の膳ではこぼさぬように身体《からだ》を大きく曲げざるを得ない。

「ちゃんと部屋と机を用意するから……お凛さん、先生たちにお話ししていただけませんか？　ああでも清水先生をお招きすると、道場の方々に賂《まいない》だと思われてしまうでしょうか？」

「清水先生は喜ぶと思いますが、そうですね……道場の先生としてではなく、栗山先生のご友人としてお招きしてはいかがでしょう？」

「それならきっと大丈夫ですね。では、そのようにお願いいたします」

夕餉《ゆうげ》の席で千歳と柊太郎に告げると、二人とも思わぬ招待を喜んだ。

由太郎と柊太郎の間で話が進み、凛たちは五日後の夕刻に覚前屋へ向かった。

凛を含めて皆、他の客と比べれば質素な身なりだが、今日は千歳に柊太郎、佐助までも袴《はかま》を穿《は》いて来た。

女将にして母親の仙《せん》と共に由太郎が迎え出て、凜たちを小部屋へいざなう。

「佐助さんはこちらへ」

由太郎が促《うなが》した席には約束通り、佐助のための小机がある。

「……ありがとさん」

ぶっきらぼうだが佐助が礼を言うと、嬉しそうににっこりした由太郎の横で、仙も微笑んだ。

「こちらこそありがとうございます。栗山先生ばかりか、清水先生までご足労《そくろう》くださり、息子共々お礼申し上げます」

「なんの。先生のおまけとはいえ、お招き痛み入ります」

柊太郎が言うのへ、凜たち三人は口角を上げた。

というのも、道場の皆は柊太郎のその日暮らしを心得ていて、千歳の「友人」としてだろうが賂だろうが、「ちゃんとした」飯にありつけることを喜んだらしい。

二人が襖戸《ふすまど》の向こうへ消えてから、佐助が小さく噴き出した。

「ただ飯にあずかれるんだ。柊太郎にゃ、ご足労でもなんでもねぇや」

「まあな」

嫌みを物ともせずに、柊太郎はにんまりとした。

「ましてや、こんないいところの飯は久方ぶりだ。――ああでも、どんな飯よりも、俺にはお凜さんの飯が一番だけどよ」

慌てて付け足した柊太郎を、佐助は「ふん」と鼻で笑う。

「今月は、もうつけになってっからな」

「うう……」

凜たちの剣術の稽古代は、飯で払うことになっている。よって今月も二十日ほど柊太郎と夕餉を共にしてきたが、お代わり代などを含めると足が出たようだ。

「お前の算盤《そろばん》が間違ってんじゃねぇか？」

「ちゃんと検算してらぁ、お凜さんと一緒によ。つまり、おれを疑うってこた、お凜さんを疑うってことだぞ」

「うう……先生、また用心棒の口はねぇか」

「今のところは間に合っておる。だが、もしもの時はよろしく頼む」

「不吉なこと言うんじゃねぇ。用心棒なんて、いらねぇに越したこたねぇんだからよ。いくら先生でも、そうそう狙われてたまるかよ」

「そりゃそうだが、稽古代だけじゃ、干上がっちまう」

佐々木道場で師範代を務めるだけではとても暮らしが賄《まかな》えぬため、柊太郎は折々に金蔵番《かねぐらばん》や用心棒を請け負っている。もう落着したが、少し前に千歳がかつての恩師・清衛《きよえ》とその右腕の慶二《けいじ》に狙われた時も、柊太郎は用心棒として活躍した。

柊太郎がぶつくさつぶやく間に、由太郎と共に仲居《なかい》が膳を運んで来た。

先付《さきづけ》は秋茄子《なす》の煮浸《にびた》しで、茄子は佐助の好物だ。「ごゆっくり」と由太郎たちが部屋を出て行くや否《いな》や、佐助は早速、煮浸しに箸をつけた。

「旨《うま》い」

「うん、旨い」

佐助に続いて柊太郎も舌鼓《したつづみ》を打つ。二人して目を細める様《さま》が何やら似ていて、凜は千歳と見交わして笑みをこぼした。

覚前屋は評判高く、料理番付にも載っている。凜と千歳は二度目だが、佐助と柊太郎は初めてで、仕舞《しま》いの水菓子まで一つ一つ大喜びで平らげた。

「皆で堪能《たんのう》いたしました。ご厚情に改めて感謝申し上げます」

挨拶《あいさつ》に現れた仙と友蔵、由太郎に千歳が言うのへ、佐助も付け足す。

「どれも美味《おい》しかった。特に茄子は、とってもとっても美味しかった――です」

友蔵と共に顔をほころばせた仙と由太郎の後をついて玄関へ行くと、二親と娘と思《おぼ》しき三人が履物《はきもの》を履《は》いたところだった。

「もうお帰りでしたか」と、仙が父親に声をかけた。

「あんまり美味しいから、箸がどんどん進んでしまってね」

仙と父親が言葉を交わす間に、振り返った娘が佐助を目にして息を呑む。

どうやら片腕に驚いたらしい。

「お千津《ちづ》？」

先に表へ出た母親が呼ぶと、娘はさっと目をそらして店を出て行った。

千津と呼ばれた娘は、見たところ佐助と変わらぬ年頃だった。ゆえに尚更《なおさら》、佐助に同情したのだろうと凛は推察したが、ちらりと窺った佐助もまた驚き顔だ。

「佐助さん？　もしかして、お知り合いなの？」

「あ……ううん」

佐助は小さく首を振り、すぐに付け足した。

「昔知ってた子になんだか似てたから……その子はみちって名で、おれんちみてぇな貧乏な家の子だったから、顔かたちの他はあの子とはまるで違うんだけどさ」

幼馴染みか、売られた先の「仲間」だろうかと思い巡らせながら、凛は黙り込んだ佐助と家路を歩いた。

六ツの鐘は覚前屋を出る少し前に聞いていた。

辺《あた》りは薄暗く、柊太郎が手にしている覚前屋の提灯《ちょうちん》を頼りに、大川《おおかわ》沿いを四半《しはん》刻《とき》ほどかけてのんびり帰る。

下之橋の手前で東へ折れると、栗山庵の前に提灯とちらつく二つの人影が見えて、凜たちは一斉に足を止めた。

四

「栗山先生ですか？　静州《せいしゅう》です」

男の声を聞いた千歳が再び歩き出すのへ、凜たちも続いた。

「よかった。先生に診《み》ていただきたい患者がいるのです」

静州と名乗った男は細身でおそらく三十路《みそじ》過ぎ、その隣りでむっつりとしている男は静州よりはやや年上で、五尺七寸の千歳より少し背が高い。

「患者はこの人かね？　そうなら私は診ないよ。おとしの薬礼《やくれい》をまだ払ってもらっていないからな」

「いえ、凌介《りょうすけ》さんではなく、おかみさんのおていさんです。転んだ拍子《ひょうし》に頭を打って切ったんです。止血はしましたが、縫った方がよさそうでして……」

千歳がひとまず二人を招き入れる間に、佐助が囁《ささや》いた。

「静州さんは本道医《ほんどうい》、凌介ってのは火消しで、おとし薬礼を踏み倒しやがった」

本道医——内科医——ゆえに、静州は縫合《ほうごう》が苦手なようだ。

「おかみさんの治療ならやぶさかではないが、此度《こたび》は一筆《いっぴつ》入れてもらうぞ」

「一筆?」

目を剝《む》いて問い返した凌介からは、微《かす》かに酒の臭いがした。

「佐助、持って来てくれ」

「あいよ」

草履《ぞうり》を脱いで診察部屋へ上がると、佐助は薬味簞笥《やくみだんす》の上の小抽斗《こひきだし》から予《あらかじ》め何やら書かれた紙を持って来た。

「なんだ、これは?」

「烏兎屋《うとや》の借状だ。また踏み倒されては敵《かな》わんからな」

烏兎屋は、千歳が薬礼の取立のために懇意《こんい》にしている金貸しだ。

「踏み倒しちゃいねぇ。まだ返《けえ》してねぇだけだ」

「物は言いようだな。ご同輩の頼みゆえ一度は大目にみたが、二度目はないと告げた筈だ。借状を書く気がないなら帰ってくれ」

「こうしている間に、女房が死んじまったらどうしてくれんだ?」

「ならば天命としかいいようがない。私が診ても助かる保証はないが、静州さんはそうした方がよいと判じたのだろう?」

「凌介さん、ここはおていさんのために……」

動じぬ千歳と青い顔の静州を交互に見やって、凌介は土間《どま》と診察室の間にある上がりかまち代わりの広縁《ひろえん》にどっかと腰かけた。

「仕方ねぇ」

が、佐助が差し出した借状を手にすると、眉根《まゆね》を寄せる。

「金額が見当たらねぇぞ?」

「まだ診ぬうちは判らぬからな。額は診てから書き入れる。それから前にも言ったが——医者として最善を尽くすが、もしもの時は恨みっこなしだ」

「ば、莫迦《ばか》にしてんのか⁉　いくら吹っかけられるか判らねぇのに、署名する莫迦がいるもんか!」

「それならお引き取り願おうか」

「いい加減にしろ、この人でなし!」

いきり立った凌介が千歳の胸倉へ手を伸ばす。だが千歳がすっと身を引くと同時に、割って入った柊太郎が凌介の手首をつかんだ。

「この野郎!」

「そいつは俺の台詞《せりふ》だ、この野郎!　あんたこそいい加減にしろ!」

凌介が空いている手で殴《なぐ》りかかるも、柊太郎はつかんだ手は放さずに、回り込むように身を返す。両手で凌介の手を捻《ひね》ると、凌介は難なく土間に転がった。

自分より一回り小さい柊太郎を見上げて、凌介は顔を赤くした。

「ちょっと飲み過ぎたか……」

「酒のせいにしている場合じゃねぇだろう。どうすんだい？　借状を書くのか、書かねぇのか？」

「栗山先生の薬礼はお高めですが、法外とはいえません」

静州が口を挟むと、凌介は舌打ちして身体を起こし、渋々借状に署名した。

往診箱を携《たずさ》えて、凜たちは柊太郎を含めた四人で凌介が住む永代寺門前町《えいたいじもんぜんちょう》の長屋へ向かった。

鳶職人の凌介の家は九尺二間《くしゃくにけん》より広い二間三間《さんげん》で、妻のていの他、ひろという名の娘がいた。

「もう血は止まったみたいなんですが……」

「どれ」

ていは転んだ時に箱膳の縁《ふち》に頭をぶつけたそうで、左のこめかみの斜め上の辺りが一寸近く切れている。

「さほど深くないが……これは縫った方がいいな」

「ええ」

頷《うなず》いてから、凜はていとひろに微笑んでみせた。

「傷口を塞ぐために少し縫います。しばしこらえていただきますが、先生の腕前ならそう時はかかりませんので」

傷口を阿刺吉酒《あらきしゅ》で拭ったのち、ていに手ぬぐいを噛ませて、凜は千歳のために傷口を合わせて押さえる。

真剣な目で覗《のぞ》き込んでいる静州とは裏腹に、凌介はそっぽを向いている。

千歳が手早く縫う間に、佐助が往診箱から膏薬《こうやく》と巻木綿《まきもめん》を支度《したく》する。

「箱膳とはいえ、頭を打った時は、たとえ血を流さずとも大事にせねばならん。今日明日は横になって、あまり動かぬように――殊《こと》に頭を動かさぬように」

「はい……」

弱々しく応えるていの顔を、ひろが痛ましそうに覗き込む。

「そうよ、おっかさん。無理はしないで。家のことは私がするから」
十五、六歳だろうか。横になったままのていと、むくれたままの凌介の代わりに、ひろが千歳に頭を下げた。
「先生、ありがとうございました」

静州と共に凜たちが家を出ると、凌介が井戸端《いどばた》まで追って来た。

「おい、そんで薬礼はいくらなんだ？」

「三両だ」

「三両⁉」

「おていさんの分が、十日ごと、一月《ひとつき》分の診察を含めて二分《ぶ》、お前さんのおととしの分が二両二分。利子《りし》はまけといてやろう。期限は一月だ。不服なら烏兎屋にかけ合ってくれ」

静州が眉をひそめる傍ら、淩介の顔がみるみる怒気で赤くなる。

「冗談じゃねぇ！　騙《だま》しやがったな！」

「騙したのはお前さんの方だ。仲間に借りてすぐに払う――そう約束したにもかかわらず、一向に、一文も払わずにきたのだからな」

「てめぇ、こんなことして、ただじゃおかねぇぞ！　お頭《かしら》に言って――」

「やめなさい！」

柊太郎が再び構える前に、大家と思《おぼ》しき老爺《ろうや》が出て来て淩介を止めた。

「お前の薬礼は、三月《みつき》分の診察を入れて二両二分。お頭からもそう聞いた。あの時栗山庵に行った皆が証人だともな。あれほどの大怪我を治してもらったくせに、恩を仇《あだ》で返すような真似をするとは情けない。栗山先生、少なくともおていさんの分はなんとかいたしますから……」

「それには及びません。此度は借状を先に書いてもらいましたから」

「なんと」

「額は先ほど申し上げた通り、きっかり三両です。一文たりとも多く書き込むことはありません。あなたと静州さんが証人だ」

五

長屋の木戸を出てから凜は口を開いた。

「先生でも、取りはぐれることがあるのですね」

凜が知る限り、千歳はその日暮らしの者にもけして施《ほどこ》しはせず、此度のように借状を書かせてでも薬礼を取り立てている。

「深川《ふかがわ》に移ってまもない時でな。こちらは新参者《しんざんもの》、あちらは火消しゆえに、揉《も》めごとを避けようとしたことが裏目に出てしまった」

佐助曰く、凌介は二年前、喧嘩《けんか》の最中に大八車《だいはちぐるま》に突っ込んで、脇腹を縫う大怪我を負ったそうである。

「あん時も酔ってて、高《たけ》ぇ、まけろと文句を言いやがったんだが、一緒に来た仲間が金はなんとかするって言ったから、先生はその言葉を信じたのさ。でもって仲間は後で金を出し合って二両二分を――いや、二分は見舞金として二両を貸したってのに、やつはその金を先生に払わずに、博打に使っちまったらしい」

「博打に……よくもそんな真似ができたものね」

呆《あき》れた凜へ、佐助も大きく頷いた。

「まったくだ。仲間も呆れちまったそうでよ。流石《さすが》に仲間には渋々返したみてぇだが、こっちには梨《なし》のつぶてでよ。幾度か取立に行ったけど、のらりくらりとかわされて――だから先生はやつとやつのお頭に、つけを返すまでは二度と診ねぇと言ったんだ」

膨れっ面《つら》の佐助の横から、静州がおずおず訊ねた。

「此度は火消し仲間も助けてくれないでしょう。凌介さんはもちろん、おかみさんとて三両もの金を溜め込んでいるとは思えない。もしも一月のうちに払えなかったら、どうなさるんですか？」

「此度は借状があるゆえ、取立は烏兎屋に任せるよ」

「噂にはお聞きしていましたが、本当に借状を書かせるんですね。先だっては、振り売りにも一筆入れさせたとか」

「そうしない時もなくはないがね。節季《せっき》払いにはしていないが、一月ほどなら、人や店によってはつけにすることもある」

「ですが、一分や二分ならまだしも、長屋暮らしで三両をも一月で払える者はそういないでしょう。二分でも一月で工面《くめん》するのは大変かと……今少し待ってやってもよいのではないですか？　振り売りも、凌介さんも」

咎《とが》めるように、眉根《まゆね》を寄せて静州は言う。

「おていさんの薬礼はさておき、治療の前に私は予後《よご》の診察も含めて薬礼を告げている。折り合わぬようなら、よそに行ってもらって構わないとも」

「それはやはり、先生は金持ちしか相手にされないということですか？　そういった噂もよくお聞きします」

「そんなことはない。私の薬礼は相場《そうば》よりは高いやもしれんが、誰に対しても一律だ。法外ではないと、あなたも言っただろう。それを高いと思うか安いと思うかは人次第だ」

「先生の腕前なら、もっと多くの人を救うことができる筈です。今少しまけてもらえればと願う患者は多いかと……」

「私もあなたの評判は耳にしているよ、静州さん。あなたは昼夜を問わず診察に応じ、薬礼にもこだわらない。神仏への寄進のごとく、相場を下回る礼金でも、なんなら金の代わりに品を受け取ることもしばしばだとか。だが、あいにく私はあなたのような人情家じゃないんでね。ひっきりなしに客が来るのも困る」

「客、ですか」

　不快を露《あら》わにした静州へ、千歳は微苦笑を浮かべてみせた。

「うむ。私にとっては医は仁術《じんじゅつ》ではなく商売だ。柊太郎が用心棒として剣術の腕前を売っているように、私は医者として私の技《わざ》や知識を売っている」

「先生は、金儲《かねもう》けのために医者になったのですか？」

「いいや」と、千歳はきっぱり首を振った。「人の命を救うためだ。だが、あなたと私とでは選んだ道が違うようだな。私はただやたらに多くの患者を診ることよりも、技を磨き、新しい医術を学び、より良き道具や薬を使うことに重きをおいている。そのためには時と金が入り用なのだ」

「しかし――」

「先生にも人情がなくもねぇさ。静州さんも知ってんだろ？　先生がおれを助けてくれたこと。おれだけじゃねぇ。あん時、先生は他にもたくさんの人を手当てしたけど、誰からも一文ももらってねぇぜ」

　自分を遮《さえぎ》って訴えた佐助へ、静州は温かな眼差しを向けた。

「……そうでしたね。年甲斐《としがい》もなく、つまらないことを口にしてしまいました。すみません。先生、おていさんを治療してくださってありがとうございました」

　静州は隣町の永代寺門前山本町《もんぜんやまもとちょう》に居を構えているそうで、千歳に丁寧に頭を下げてから道を折れて去って行った。

　足音が遠ざかってから、凜は口を開いた。

「お疲れのようでしたね」

「顔色が悪いのはいつものことさ」と、柊太郎。「先生が言った通り、静州さんは薬礼にこだわらねぇから、患者が絶えねぇ割に実入《みい》りは少ねぇ。ろくに休まず、食わずで、絵に描いたような医者の不養生《ふようじょう》だ」

「でも、血や縫合が苦手なのかと思いきや、先生の縫合は目を皿にしてご覧になっていました」

「うむ」と、千歳が頷く。「外科にも関心はあるんだろう。外科医も兼ねれば、今よりもっと多くの人を救えるからな」

千歳を見上げて佐助が問うた。

「先生だって、もっとたくさんの人を助けるためにいろいろ学んでるんだろう？」

「そうだな。けれども私には静州さんほどの志はないよ。私が医者を志したのは仲間を――殊にいざという時に助けるためだ。人助けはやぶさかではないが、静州さんのように、皆を救おうという気概は私にはない」

品川宿《しながわしゅく》の旅籠で、死を待つばかりの清衛は凜に言った。

――千歳はその昔、お百合《ゆり》――お前の母親が殺されるのを目《ま》の当たりにした。お務めの間にも――これは皆そうだが――幾人かの仲間を失っている。そして、お蓮が怪我を負った折も、やつは人一倍、己の無力を悔《く》いていた――

百合は清衛の妻にして蓮の母親だ。「お前」というのは蓮の妹の菫《すみれ》のことで、凜が若き日の菫に似ていることから、凜は健忘《けんぼう》を患《わずら》っていた清衛が死ぬ前に、菫の振りをしたことがある。

「先生、おれはね——おれは縫合はできないから、本道と薬をもっと学びたい。そしたらもっと先生の役に立てるよね？」

「医術でなくともいいのだ、佐助。私に構わず、お前はお前の好きにおし。他にやりたいこと、なりたいものがあれば遠慮なく言ってくれ」

「だ、だから、おれはもっと先生の役に立ちたいんだよ。おれは先生の一番弟子なんだから」

とうに五ツを過ぎて、凜たちは柊太郎が持つ提灯の灯《あか》りを頼りに、人気《ひとけ》のない堀沿いを歩いている。千歳の顔はよく見えないが、「ふむ」と相槌《あいづち》を打った千歳は苦笑を浮かべているようだ。

「ならばまず、医書や本草書《ほんぞうしょ》が読めるよう、一層手習いに励んでもらおうか」

「うん。おれ、漢字ももう五十くらい覚えたよ。な、お凜さん？」

「ええ」

佐助の熱意を後押しすべく、凜は大きく頷いた。

「佐助さんは物覚えが良くて、器用者だもの」

「字はまだへなちょこだけどな」

「それは、佐助さんは利き手が左だったから……じきに慣れるわ」

「そうとも」と、柊太郎も頷いた。「佐助は、手裏剣《しゅりけん》もうまくなったよな。利き手じゃねぇのに驚くばかりだ」

「へへっ」

照れ臭そうに笑うと、佐助は凜を見上げて問うた。

「お凜さんは？　お凜さんはやっぱり、先生みたいな外科医になりたいのかい？」

「私は……」

凜の妹は風邪《かぜ》をこじらせ、母親は心労と過労から亡くなった。また、凜を花街から請け出し、武芸や医術を教えた恩人の要は、千歳曰く、おそらく不治の病を患っていたがため自ら行方《ゆくえ》知れずとなり、既《すで》に死したと思われる。この三人の死の無念が、凜に栗山庵への弟子入りを決意させたといっていい。

ゆえに漠然《ばくぜん》と内科医を思い描いていたものの、千歳の外科医としての腕前を見る度《たび》に、外科にも興を覚えるようになってきた。

返答を迷った凜へ千歳が言った。

「おいおい考えてゆけばいいさ。外科医や内科医に限らず、鍼灸《しんきゅう》医、眼科医、口《こう》中《ちゅう》医……お凜さんのなりたい医者になるといい。そのために知りたいことがあったら、なんでも訊《き》いてくれ。私の知る限りを教えよう。ああだが、私のやり方に倣《なら》うことはないぞ。技術も薬礼も、独り立ちした暁《あかつき》にはあなたの好きにするといい」

千歳の言葉に、先ほどの佐助と同じく凜も動揺した。

世間ではままならぬことが多い女子供にとって「自由」はありがたい話だが、千歳を慕う凜や佐助にとっては突き放されたように感ぜられる。

「ありがとう存じますが、独り立ちなど今はとても考えられません。しっかり学んで参りますので、これからも二番弟子としてよろしくお願い申し上げたく……」

柊太郎が小さく噴き出した。

「いいな。先生はもてもてで」

「何、お前の足元にも及ばんよ」

金はなくとも、まずまずの美男の柊太郎はそこそこもてる。

「どんなにもてても、惚《ほ》れた女にすげなくされちゃあ報《むく》われねぇ」

「うむ」

思わせぶりに己を見やった柊太郎よりも、あっさり頷いた千歳が気になって、凜は思わず佐助と顔を見合わせた。

「おっ、先生にも誰か意中の女がいるのかい？」

「お前に同情しただけさ。お前ほどもてた覚えは一度もない。だが……いつか報われるといいな」

くすりとして千歳はそう言ったが、佐助が押し黙ったことと併せて、凜の胸はざわめいた。

六

凜が栗山庵で暮らし始めて四箇月余りが過ぎたが、千歳にいわゆる女の影は見たことがなく、己に色目を使われたこともない。

千歳への恋心はないものの、「意中の女」がいるのか——はたまたいたのかどうかには大いに関心があった。

佐助も同様らしく、千歳が留守の間に凜に心当たりを問うてきた。

「私にもさっぱりよ」

「おれみてぇなこぶつきだからか、少なくともこの二年は、お凜さんの他、先生に近付いてきた女はいねぇんだよなぁ。昔の話なら菫さんかお蓮さんか……そんならいいんだけどよ」

「そうなの？」

「だって菫さんはとうにお亡くなりになっていて、お蓮さんはもう人妻で先生にその気はねぇようだからな」

千歳が想いを懸《か》けている女がいたとして、もしも身を固めるようなことがあれば自分は追い出されるのではないか、その時に備えて、千歳は自分に医術以外の道を勧めたのではないかと佐助は案じているようだ。

たとえ誰かと一緒になっても千歳が佐助を放り出すとは思えぬが、親に売られた身の上を思えば、佐助が不安に駆《か》られる気持ちも判らぬでもない。

もしもの時は、二人で暮らしてもいいじゃない——

そう言いかけて、凜は開きかけた口をつぐんだ。

己が千歳の代わりになれるとは、到底思えなかった。

「きっとあれはただの相槌だったのよ。よしんば意中の人がいたとしても、もうとっくに『すげなく』されたんじゃないかしら」

「そうか……そうだよな」

自分に言い聞かせるように頷くと、佐助は本草書の読み聞かせをねだった。

「薬のことは、私ももっと学びたいと思っていたの。一緒に学んでいきましょう」

「うん！」

栗山庵は元蕎麦屋で、二階には大部屋が三つある。内二つは千歳と佐助の寝間《ねま》だが、堀に面した南側の一部屋は薬草の栽培《さいばい》に使われている。凜の寝間は一階の座敷で、隣りの納戸《なんど》には諸々の道具の他、薬味簞笥と書棚が置いてある。

書棚から本草書を一冊持って来ると、凜は上がりかまち代わりの広縁に佐助と腰かけて、ゆっくり字をなぞりながら読み上げた。

薬礼が相場より高いことから、栗山庵では患者がいない時がままあるが、千歳は寸暇《すんか》を惜《お》しんで、書を読んだり、技を磨いたり、新たな道具を思案したりして過ごす。凜も千歳に倣って、薬を作り置きしたり、佐助に読み書き算盤を教えたり、布や革を用いて縫合の稽古をしたりと、日々忙しい。加えて凜たちは二、三日に一度は、佐々木道場で剣術と忍《しのび》の道具――主に手裏剣――の稽古をしている。

居候、それも女ゆえに家事は己の仕事と思っていたが、炊事はともかく、掃除や洗濯は佐助ばかりか、千歳もしばしば手を貸してくれることがありがたい。

ていの傷は十日後に往診した折には塞《ふさ》がっていたが、頭痛が続いているという。

「痛みはそうひどくないのですが、なんだかずっと頭が重いのです……」

「十中八九、頭を打ったせいだろうが、このところ天気も良くないからな。なんにせよ、無理は禁物だ。力仕事も避けるように」

薄荷油《はっかゆ》をていのこめかみに塗《ぬ》りながら、千歳は言った。

長月《ながつき》に入ってから雨が降らぬ日はなく、鬱陶《うっとう》しい天気が続いている。

ほとんど晴空を見ぬうちに更に六日が過ぎて、十一日の九ツ過ぎに、神田《かんだ》へ薬を届けに行った佐助が、戻り道中で降られてずぶ濡れで帰って来た。

「今、お湯を沸かすわね。でもよかったわ。遅いから、心配していたのよ」

届け先は二軒あったが、五ツ過ぎに家を出たため、四ツには帰るだろうと踏んでいたのだ。

「すまねぇ。ちょいと腹が減って、おやきを食べに寄り道したから……」

佐助は時折、外出のついでにおやきを売っている大伝馬町の蕎麦屋に寄り道することがある。だが、それだけでこんなにも遅くなるだろうかと凜は内心訝《いぶか》った。

片腕の佐助は傘の持ち歩きを嫌い、曇り空を見計らっての外出だったが、遅くとも四ツ半までに戻っていれば濡れずに済んだ筈だ。

「何はともあれ、着替えていらっしゃい。頭もしっかり拭うのよ。風邪を引いたら困るもの」

「へぇい」

二階で着替えて来た佐助をかまどの前の床几《しょうぎ》に座らせて、足湯や綿入れで身体を温めた。ほどなくして佐助はいつも通りに診察を手伝い始めたが、案の定、二刻ほどでみるみる顔色が悪くなる。

「いかんな。早く横になれ」

夕餉が進まぬ佐助を見て千歳が言った。

「二階から佐助の夜具を持って来る。お凜さん、悪いが――」

「どうぞ、私の部屋へ」

千歳を遮って、凛は己の部屋の戸を開いた。

静養なら二階よりも厠《かわや》に近い一階の方が便利で、板間の診察室よりも、畳敷の凛の寝間の方が温かい。

千歳が運んで来た夜具に佐助が横になると、更に上から綿入れをかける。

「おかしいな。風邪なんて、もう何年も引いてないのに……」

「もう十日もすれば立冬《りっとう》だ。ちっともおかしくないぞ」

「寄り道してごめんなさい……さっさと帰ってくればよかった」

「いいから、お休み。風邪は温かくして休むに限る」

己の夜具は運び出し、凛は部屋のすぐ外に床《とこ》を取ることにする。

五ツ過ぎには凛も横になったが、夜半にうわ言を聞いて目を覚ました。

「佐助さん？」

「……かに……」

微《かす》かな息遣いの合間に、かすれ声が漏れてきて、凛は佐助の傍へ行った。

「さすけ……かに……みっちゃんも……」

どうやら熱に浮かされているようだ。そっと触れた額《ひたい》は熱く、汗ばんでいる。

有明行灯《ありあけあんどん》の灯りを頼りに土間へ下り、手ぬぐいを水で絞った。

汗を拭ってやろうと襟《えり》を開いて、凜ははっと息を呑んだ。

急ぎ二階へ上がって、階段口から千歳の部屋へ呼びかける。

「先生」

「どうした?」

すぐさま返事が聞こえてほっとするも、足音がして凜は慌てた。

「そのままでお聞きください。佐助さんに発疹《はっしん》が。もしや麻疹《ましん》やも――」

麻疹だとしたら既にうつっているやもしれぬが、用心に越したことはない。

襖戸が開いて千歳が出て来る。

「私なら平気だ。子供の頃にかかったことがある。お凜さんは?」

「あります。ちょうど十年前、佐助さんと同じく十二歳の時に」

「ならばよいが……」

麻疹は疱瘡《ほうそう》と並ぶ厄介《やっかい》な流行病《はやりやまい》で、俗に「疱瘡は見目定《みめさだ》め、麻疹は命定め」といわれている。痘痕《あばた》が残りやすい疱瘡の軽重《けいちょう》は美醜を左右し、疱瘡より強い、九分九厘の伝染力を持つ麻疹の軽重は命を左右するからである。ただし、疱瘡も麻疹も一度かかれば二度目はない。

手燭《てしょく》のもと、千歳は佐助の発疹を診た。

「今のところ発疹は首と頬……腹にも少しだけ……決めつけるには早いが、麻疹とは思えぬ。麻疹なら、市中でとうに噂になっているだろうしな」

「……先生……」

目覚めた佐助へ、千歳が微笑む。

「案ずるな。暑いだろう。汗を拭って着替えた方がいいな」

「私が手伝います」

「うむ、頼んだぞ」

改めて絞った手ぬぐいで汗を拭ってやると、佐助は弱々しくも微笑んだ。

「冷たくて気持ちいい」

「佐助さんが熱いからよ」

「あ、そうか。はははは……」

千歳が二階から持って来た着物に着替えさせると、佐助を再び寝かせて額に絞ったばかりの手ぬぐいを載せてやる。

「何かあったらすぐに呼ぶのよ。私はすぐ外に控えているから」

佐助に言い聞かせて、千歳に向き直る。

「行灯を使わせてください。すっかり目が覚めてしまったので、少し書を読みとうございます」

というのは方便《ほうべん》で、佐助が心配でおちおち眠っていられそうにない。

「構わんよ。何かあったら私にも声をかけてくれ」

「はい」

行灯を灯《とも》して医書を開き、丁《ちょう》を繰り始めると、襖戸の隙間から佐助がねだった。

「おれにも、聞かせて……」

「お安い御用よ」

四半刻《しはんとき》と待たずに佐助は再び寝息を立て始めたが、凜はしばらく音読を続けた。お祓《はら》いのごとく、せめて己の声が聞こえているうちは、悪夢にうなされずに済むよう祈りながら。

悪夢――だったのだろうか……？

苦しげな様子から悪夢だと判じたが、「かに」という言葉からして、郷里での蟹捕りでも思い出していたのだろうかと、凜は小首をかしげた。信濃国は海に面していないが、山が深い分、沢蟹は捕れそうだ。

また、「さすけ」と「みっちゃん」という二つの名前も気にかかる。

佐助の名は偽名で間違いないだろう。だがうわ言から察するに、佐助はその名を持つ者を知っている――はたまた知っていたようだ。

そして「みっちゃん」は、おそらく「みち」――

覚前屋で見た、千津という女児に似ている佐助の昔の知り合いだろう。

佐助の過去を思い巡らすうちに、夜九ツの鐘が聞こえてきた。

七

佐助の発疹は翌朝には引いていて、凜たちはひとまず胸を撫《な》で下ろした。

「風疹《ふうしん》――いや、隠疹《いんしん》だったのやもな」

麻疹に病状が似た風疹は、「三日はしか」とも呼ばれている。隠疹は、過労や心労、寝不足や栄養不足、清国《しんこく》の医学でいう「外邪《がいじゃ》」――風、寒、湿、熱――に侵された折などに出る発疹だ。隠疹は早ければ四半刻ほど、遅くとも一日もすれば消えて跡も残らない。

「昨日の朝まではしっかり飲み食いしていたし、身体が弱っているようには見えなかったが、何か悩みが、もしくは出先で気疲れや、心を痛めるような出来事があったのではなかろうか」

悩みと聞いて真っ先に思いついたのは、千歳の「意中の女」や、千歳に「捨てられる」ことへの懸念《けねん》だったが、今は――眠っているとはいえ、佐助がいる家の中では――話し難《がた》い。

「そうですね……ともあれ、発疹が隠疹だとしても、熱が少しも下がっていないことが気になります」

「うむ。熱は風邪からだろうが、油断は禁物だ。風邪は万病のもとだからな」

「ええ」

凜は妹の純《じゅん》を風邪で亡くしている。純は幼い頃から病弱だったが、発熱から五日ともたなかったことが、今もって凜に風邪を恐れさせ、その死を悔やませている。古くからいわれている通り「風邪は万病のもと」であり、些細《ささい》な病状から一息に悪化して死に至ることもあれば、身体を弱らせて、他の病の呼び水になることもある。殊に幼子《おさなご》は流行病《はやりやまい》に侵されやすく、飢饉《ききん》や怪我なども含めると、実に死者の七割は幼子なのだと千歳から教わった。「七つまでは神のうち」――といわれる所以《ゆえん》だとも。

千歳は佐助の熱が下がらぬうちは診察所を閉め、往診のみに応じることにした。

熱は二日、三日と続いて、凜は昼夜、気を揉《も》みながら過ごした。

雨もずっと降ったりやんだりで、どんよりと薄暗い空が佐助を一層苦しめているように思えてならない。

佐助は頭痛の他、喉や節々《ふしぶし》の痛みを訴えた。凜は少しでもそれらを和《やわ》らげるべく、杏仁《あんにん》や麻黄《まおう》、甘草《かんぞう》、桂皮《けいひ》などを煎《せん》じた熱冷ましや、蜂蜜入りの生姜湯《しょうがとう》を飲ませ、こまめに額の濡れ手ぬぐいや夜具の中の湯婆《たんぽ》を取り替えた。

また、日に一、二度は身体の汗を拭《ふ》いて、着替えを施した。佐助は身体を起こすだけでもつらいようで、厠へも凜が付き添った。

純が風邪に倒れた折も同じように着替えや用足しを手伝ったが、亡くなった時十四歳だった純より、十二歳の佐助は一回り小さい。ぐったりとした熱い身体を抱きかかえる度に不安に駆られて、凜は涙ぐみそうになる。

四日目にしてようやく熱が下がり始めて、佐助が笑顔を見せた。

「旨いなぁ」

昼餉《ひるげ》の雑炊《ぞうすい》を口に運んだ佐助が目を細める。

「先生が卵を買って来てくれたのよ」

「へへ……蜂蜜に卵……おれは果報《かほう》もんだぁ」

卵は一つおよそ二十文で、一杯十六文の蕎麦より値の張る食べ物だ。蜂蜜は丸薬《がんやく》にも用いるため常備してあるものの、やはり高価であるため、普段凜たちが食することはない。

純には蜂蜜や卵どころか薬も買えず、生姜湯しか飲ませてやれなかったことが思い出されて、凜は潤《うる》んだ目を瞬《またた》いて誤魔化《ごまか》した。

麻疹について問うてみたが、かかったことがあるかどうか、佐助には覚えがないという。

「兎《と》にも角《かく》にも、麻疹じゃなくてよかったわ。発疹がすぐに消えたことも……佐助さん、お遣いに行った時、何かあったの？」

「何かって？」

問い返した声が、僅《わず》かながら上ずった。

「たとえば、おやきの他に何か慣れない食べ物を口にしたとか、何か見知らぬ花や草に触れたとか……」

「してないよ。なんにもしてない。おやきを食べただけ。あと、雨に濡れただけ」

首を振って言い張る様《さま》からも何か隠しているように見受けられたが、隠疹のもとが気疲れや心痛なら問い詰めぬ方がよいだろう。

うわ言で聞いた「さすけ」や「みっちゃん」にしても、なんらかの悪夢であったなら――また、たとえ郷里での想い出だったとしても――佐助につらい思いをさせはしないかと気を回し、凜は問いかけを諦めた。

「おれ、もう平気だよ。薬作りでも手伝おうか？」

「何を言ってるの。昨日よりましになったとはいえ、まだ熱があるのよ。ちゃんと本復《ほんぷく》するまで、大人しくしておきなさい」

「へぇい……」

平気と言ったのは強がりで、身体はまだまだ重いようだ。

雑炊と生姜湯を平らげると、佐助は再び横になった。

八ツを半刻《はんとき》ほど過ぎて千歳が往診から戻って来たが、更に四半刻と経たぬうちに静州が訪ねて来た。

「先生……おていさんがお亡くなりになりました」

「さようか」

昨日、三度目の往診に行ったばかりである。

凜は驚きを隠せず、千歳も沈痛《ちんつう》な面持《おもも》ちだ。

「ちょと行って来る」

「……行ってらっしゃいませ」

今日も雨は降ったりやんだりだ。

土間で乾かしていた傘とは別の傘を手に取って、千歳は静州と出かけて行った。

七ツまでは静かに書でも読もうと凜が書棚へ向かった矢先、表から「ごめんください」と男の声がした。

八

凜は急ぎ戸口まで引き返したが、引き戸を開く前に誰何《すいか》した。

「どちらさまでしょうか？」

「四谷《よつや》の酒井《さかい》小五郎《こごろう》と申します」

名字を名乗るからにはそれなりの身分だと踏んで、凜はおそるおそる戸を開いた。

傘を下ろした男は、二十二歳の凜よりやや年上の、二十四、五歳と思しき年頃で、袴姿に大小の刀を腰にしている。

軒下とはいえ、武士を雨の中に立たせておくのは心苦しく、凜は酒井を土間に招き入れた。

「私は栗山先生の弟子で、凜と申します。申し訳ありませんが、先生はただいま往診に出ておりまして、いつ戻るか定かではありません」

「構いません。診察ではなく、佐助という子供のことを訊ねたくて参ったのです」

「佐助さんのことを……？」

努めて平静に、だが急ぎ考えを巡らせる。

しっかりした身なりで折り目正しい酒井は、浪人にも悪人にも見えぬ。しかし佐助のこととなると早合点《はやがてん》は禁物だと、凜は用心深く問い返した。

「ご無礼を承知でお訊ねいたしますが、四谷のお武家さまがわざわざ深川までいらしたということは、お役目か何かでしょうか？　もしや、佐助さんはどこかで、何かご無礼を働いたのでしょうか……？」

「ああ、そう案ずることはありません」

しかつめらしい物言いは変わらぬが、微かに目元と口元を和らげて、酒井はおそらく微笑んだ。

「私は御使番《おつかいばん》の深谷家《ふかやけ》に仕える身ですが、此度参ったのは、主《あるじ》の役目にかかわることではありません。無礼を働かれた覚えもないので、安心してください」

身元が本当なら、酒井は少なくとも五百石、千石超えも珍しくない旗本《はたもと》の家臣ということになる。

「さようで……」

「しばらく前に両国を訪れた折に、佐助さんと思しき子を見かけたのです。その子は実は、以前、神隠《かみかく》しに遭《あ》った知人の息子に似ておりましてね」

「神隠し――」

「有り体《ありてい》に言えば、行方知れずになったのです。もしやと思って近隣の店で訊ねたところ、栗山庵の子だろうと教えられました。それで、その日は他人の空似《そらに》であったかと合点して帰宅したのですが、人は時に――何やら大きな怪我や病、心痛があった折に記憶を失くすことがあると思い直して、お伺いした次第です」

「……つまり、佐助さんがお知り合いのご子息やもしれぬ、と？」

「さようです」

酒井には困惑して見せながら、凛は内心大きく安堵《あんど》した。

もしも「追手」であれば、佐助を見かけた折に捕まえるなり、後をつけてここへ踏み込むなりしただろう。見目姿《みめすがた》や物言いで人を判ずることは難しいが、酒井の言い分には得心《とくしん》できた。

「お知り合いのご子息のことは、まことにお気の毒さまでございます。ですが、佐助さんの身元ははっきりしておりますし、記憶も定かでございます」

何より、佐助さんは女の子だもの――

「身元というと？　栗山先生のお子さんではないとも耳にしましたが？」

「佐助さんは先生のお子さまではありませんが、先生や私と同じく、伊勢国は津藩で生まれ育ちまして、ご両親を亡くしてみなしごになった折に、先生が同郷のよしみで引き取られたのです」

「伊勢の出ならば、やはり他人の空似だったか……もしや、片腕になった折に昔を忘れたのではないかなどと、一縷《いちる》の望みを抱いて来たのですが……ちなみに佐助さんは、どうして腕を？」

「ご両親と江戸見物に来た折に火事に遭い、梁に腕を挟まれたのです。ちょうど先生も火事場に居合わせたのですが、梁を動かす人手も時もなかったそうで、腕を落とさざるを得なかったと聞きました」

「というと、栗山先生がご自身で？」

「はい。先生は外科が専門でして、殊に金瘡《きんそう》の治療に優《すぐ》れております。ああ、ですが、専門は外科でも、本道や本草、鍼《はり》にも精通しておられます」

「それは素晴らしい」

酒井の率直な称賛《しょうさん》に、凜は思わず頬を緩《ゆる》めた。

「私が言うのもなんですが、先生は江戸でも指折りの名医にございます」

「名医にして人情家でもあらせられるのだな。袖振り合うも他生《たしょう》の縁とはいえ、片腕の子を引き取るとは、並の者にはできないことです。――それで、佐助さんの両親は火事でお亡くなりに？」

「はい。火が収まったのちに、ご両親がお亡くなりになったことや、同郷であることが知れて、先生が治療を兼ねて養《やしな》い親になられたそうです」

「さようか……」

元蕎麦屋の栗山庵は土間が二十畳ある。ぐるりと見回して、酒井は続けた。

「見たところ、あなたお一人のようだが、佐助さんも先生とお出かけですか？」

ふと下心《したごころ》を疑ったのは、己が元女郎だからだろう。男がいかに色欲に惑わされやすい生き物か、花街で嫌というほど、身をもって凜は知った。

「いいえ。佐助さんはここ数日風邪に臥《ふ》せっておりまして、他の方にうつると困るので、看板も下ろしているのです」

「風邪とは残念です。これも何かのご縁だろうから、今一度お顔を見てみたかったが、主にうつっても困るので、お見舞いは遠慮いたします。いやはや、藪《やぶ》から棒にお邪魔《じやま》しました。佐助さんをお大事に」

「ありがとう存じます」

酒井と共に表へ出ると、その背中が下之橋の方へ遠ざかってゆくのを見送った。

七ツの鐘が鳴ってほどなくして、千歳が戻って来た。

「傷に変わりは見られなかった。長屋の者が、家で倒れているところを見つけたそうだ。凌介さんは今日は雨で仕事は休みだったが、昼から出かけたらしくて、いなかった。おていさんは、なんだかんだ家事をしていたそうでな。実は無理を重ねていたんじゃないかと、おひろさんと長屋の者は言っていた」

「そうでしたか……やはり頭の打撲《だぼく》は侮《あなど》れませんね。もう二十日《はつか》も経ちましたゆえ、まずまず安心だと思っておりました」

「うむ。このような始末になるとは残念至極《しごく》だ」

悔《くや》しげに、つぶやくように千歳は頷いた。

千歳の声を聞いたからか、佐助がむにゃむにゃと起き出して、追うように柊太郎も道場から帰って来て顔を出した。

「そういえば、先生がお留守の間に、酒井さんと仰る方が佐助さんを訪ねていらしたんです」

「佐助を？」

「おれを？」

千歳よりも先に、柊太郎と佐助が眉をひそめる。

「結句《けく》、人違いだったんですが――」

「人違いとは？」

同じく千歳も眉をひそめたが、酒井が訪れた事由《じゆう》を話すと、三人ともすぐに愁眉《しゆう》《び》を開いた。

「西洋には、『この世には己に似た者が三人はいる』という俗諺《ぞくげん》があるそうだ。話半分に聞いていたが、お凜さんと菫といい、佐助とその神隠しに遭った子供といい、双子《ふたご》ほど瓜《うり》二つでなくとも、そこそこ似た者はいるようだな」

「そうだな」と、柊太郎。「ほら、先だっても、佐助も覚前屋で知り合いに似た子を見たもんな」

「うん……あれは驚いた」

返答を躊躇《ためら》ったように見えたのは、夢を思い出したからだろうか。

「それにしても神隠したぁな。いつどこで、どうやっていなくなったんだい？」

「そこまではお聞きしませんでしたが、江戸でもなくはありませんでしょう?」

「うむ。神隠しといっても、大方は人攫《ひとさら》いか子殺しだろうからな」

千歳が言うのへ、佐助も頷く。

「おれもそう思う。神さまがそうそう人を連れてくもんか」

「だがお前に似ているというならば、行方知れずになったのはまあまあ大きくなってからだろうな。酒井さんの知人とやらも武士だとしたら、他家の恨みを買ったのか、跡目争いか――いや、それは町人だろうが農民だろうが変わらぬか」

「うん、変わらねぇよ。お武家でも小作人でもよ」

「なんにせよ気の毒だな。子は親を選べぬからな」

「うん……」

二人の口ぶりや眼差しが、酒井の知人の子供はもう帰らぬものと決めてかかっているようで、凜を切なくさせた。

兄が殺されてからは苦労したが、少なくとも十七歳までは凜は人並みの――おそらく佐助や千歳よりは恵まれた家で生まれ育った。

父親は勘定方《かんじょうかた》で、食べ物や着る物に困ったことはなく、兄や妹共々、二親は惜しみなく凜を慈《いつく》しんでくれた。

凜は十四歳の時に父親を病で亡くすまで、身近な「死」を知らなかった。

対して千歳や佐助は、幼き頃から「死」と隣り合わせに生きてきたと思われる。佐助の傍らで、柊太郎も複雑な顔をしている。

柊太郎は生まれながらの浪人で、裏長屋のその日暮らしだが、話を聞いた限りでは、またその人柄から推《お》し量《はか》るに、二親や周りの者には恵まれてきたようだ。

気を取り直したように、柊太郎が沈黙を破った。

「それはさておき、お凜さん」

「なんでしょう？」

「侍とはいえ、先生の留守に男を家に入れちまうのは、ちと不用心じゃねぇか？」

「それは……ですがこの雨ですし、佐助さんもいましたし……」

「でも佐助は寝てたんだろう？　それじゃあいざという時、役に立たねぇ」

柊太郎の台詞に佐助はむっとしたものの、すぐに澄まして言い返す。

「そんなら柊太郎もこれからは、先生がいない時は来んじゃねぇぞ」

「えっ？」

うろたえる柊太郎へ佐助がにんまりとする。

「女子供は男には用心しねぇとな。殊に下心のあるやつにはよ」

「ちょっと待て。俺はそんな——俺はただ、お前とお凜さんを案じてだな……先生、なんとか言ってくれ」

「うむ、私はお前を信じているぞ、柊太郎。下心に惑わされず、いざという時はこの二人の力になってくれるとな」

「そうとも。その通りだ、先生」

「ふーん、先生がそう言うなら、柊太郎はこれまで通りでいいか、お凜さん？」

「そうね。先生のお墨付きなら、いいんじゃないでしょうか」

笑みを交わすと、凜は続けて佐助に問うた。

「夕餉の前に湯屋に行って来ようと思うのだけど、佐助さん、一人で平気？」

「うん、平気だよ。でも腹が減ってるから、早く帰って来て」

「判ったわ。喉の調子はどう？」

「まだちょっと痛い……」

「それなら夕餉も雑炊にしましょう。卵もまだありますから」

「へぇ、卵入りたぁ、旨そうだな」と、柊太郎。

「卵はおれのだぞ。先生がおれのために買って来てくれたんだ」

「そんなら仕方ねぇな」

あっさり頷いて、柊太郎はにやりとした。

「だが喉が痛いんじゃあ、竹輪《ちくわ》はまだ無理だなぁ」

「竹輪？」

「おう。先生が、いただき物の豊正《とよまさ》をおすそ分けしてくれたのよ」

柊太郎が言う「先生」は道場主の佐々木仙蔵《せんぞう》のことで、「豊正」は佐助が贔屓《ひいき》にしている両国の蒲鉾屋《かまぼこや》だ。

「た、食べられるさ。よく嚙んで食べればいいんだ。なぁ、先生？」

「そうだな。とにかく食欲が戻ってよかったな」

「ふーん、先生がそう言うなら、佐助にも食わせてやっか」

大人げない柊太郎には呆れたが、好物の竹輪を喜ぶ佐助は愛らしい。

かけ合う二人の傍らで、凜は改めて、風邪が峠《とうげ》を越したことに安堵した。

九

四日後の長月は十九日。

昼下がりに両国の照芳《てるよし》から遣いが来て、千歳は往診に赴《おもむ》くことになった。照芳は両国の顔役で年寄――「年寄株」を持っている相撲《すもう》部屋の主――でもある。

「背中と腰に痛みがあるので、鍼をお願いしたいとのことです」

「それなら一人で充分だ。佐助とお凜さんは薬作りを頼んだよ」

「合点《がってん》だ」

「かしこまりました」

栗山庵の薬は治療同様、相場より高いものの、千歳への信頼から、わざわざ薬のみを買いに来る者もいる。

床几に座った佐助が足で薬研《やげん》を使って千振《せんぶり》、桂皮《けいひ》、黄檗《おうばく》、甘草《かんぞう》を粉にする。凜はこれらをせっせと丸めて、胃薬を作った。

半刻余りすると八ツの鐘が鳴り始め、凜は手を止めた。

「おやつにしましょうか？」

「うん！」

昼夜つかず離れずで看病したからか、佐助との絆《きずな》はまた少し深まったようだ。二人きりの時でも笑顔が増え、ぞんざいな言葉遣いがやや減った。

饅頭《まんじゅう》や団子はないが、生姜の葛湯《くずゆ》を作って蜂蜜を少し入れた。

風邪を引いてから九日目の佐助はまだ、本復したとは言い難い。喉も少し腫《は》れたままゆえに、生姜と蜂蜜入り葛湯を喜んだ。

匙《さじ》で葛湯を口に運びながら、佐助が言った。

「ほんとにさ、お凜さんや先生に風邪がうつらなくてよかったよ」

「それを言うなら、佐助さんが無事でよかったわ」

「先生とお凜さんのおかげだよ。なんにも心配しないで、ゆっくり休むことができたから……迷惑かけてごめん」

「迷惑だなんて、先生も私も思っていないわ」

「でもよ、でも、おれが寄り道しなきゃ風邪なんて……」

しばし躊躇ってから、佐助は再び口を開いた。

「……おれ、実はあの日、おやきを食べた後に日本橋《にほんばし》へ行ったんだ」

「日本橋へ？」

「うん……前に覚前屋で見かけた子がさ、知り合いに似てるって言ったろう。お千津って名の……あのあとなんだか気になって、両国に行った時に由太郎にお千津さんのことを訊いたんだ。そしたら、日本橋の『安達屋《あだちや》』って本屋の娘だって教えてくれてよ。お千津さんはみっちゃん――みちとは違うって判ってたけど、みちが懐《なつ》かしくなって、もう一度顔が見たくなって安達屋に行ったんだ」

やはり「みっちゃん」は「みち」だった――

ただの「知り合い」とは思われぬ。また、「さすけ」もおそらく、佐助には大切な者だったのだろう。

「それで、お千津さんには会えたの？」

「ううん」と、佐助は小さく首を振った。「店の前まで行ったけど、おれみてぇのがいきなり訪ねて行っても怪しまれるだけだと思い直してよ。結句、店も覗《のぞ》かねぇで帰って来た。どうせ他人の空似だしな。だって……だって、みちはとっくに仏になっちまってるからよ」

「そうだったの……でも、他人の空似でも、会いたくなる気持ちは判るわ。もしも親兄弟に似た人が市中にいたら、私も顔を拝みに行くと思うわ。たとえ他人の空似だって、今一度、ほんの一目でいいから生きている――叶《かな》うなら仕合《しあ》わせでいる姿が見たいもの。殊に兄は、本当に突然亡くなってしまったから……」

言葉を濁した凜を、慰めるように佐助は見上げた。

「だから要さんも、お凜さんを助けたんだろうな。おかみさんに似たお凜さんが苦しんでいたら、おかみさんが苦しんでるようでつらいから……」

「ええ」

「初めはよ、てっきりおかみさんの身代わりにしようと――その、閨事《ねやごと》目当てかと思ったんだけどよ」

どきりとしたが、己が妓楼にいたことは稲や千歳にも話していない。

要には一度だけ抱かれたことがある。

妓楼に客として現れた夜のことで、その翌日に請け出されたものの、一緒に暮らすようになってからは、閨事どころか接吻《せっぷん》さえ一度もなかった。

要にも恋情を抱いたことはなかったが、一度とはいえ肌身を合わせたからか、千歳に対する親愛とは違う情が確かにあった。

　要との一夜を悟られまいと、閨事という言葉に驚いた振りをしながら、凜は苦笑を浮かべて応えた。

「実は私も初めはそう思ったの、けれども、要さんはそんな人ではなかったわ。仇討《かたきう》ちにしたって、私よりも、菫さんを助けたいという気持ちから助太刀《すけだち》してくれたに違いないわ。菫さんを助けられなかったこと、要さんはずっと悔やんでいらしたと思うのよ」

「うん……おれもずっと悔やんでる。みちも急に逝《い》っちまったから、どうしたら助けてやれたのか、何かやりようがあったんじゃねぇかってよ……」

　みちがどのように死したのか気になったが、目を落とした佐助がいつもより一回り小さく見えて、凜は別のことを口にした。

「先日の——酒井さんのお知り合いも無念でしょうね。神隠しなら生きているという望みがまだある分、なかなか諦め切れないことでしょう。酒井さんから佐助さんのことを聞いたら、やっぱり一度会いたいと思うんじゃないかしら」

　己も、もしも要に似た者の噂を聞いたら、おそらく会いにゆくだろう。

　酒井が言った通り、人は怪我や病、心痛で記憶を失くすことがある。千歳の見立てでは要は死病《しびょう》を患《わずら》っていたらしいが、旅先で記憶を失くしたという見込みもなくはないと、凜は諦め切れずにいる。

「もしもその人がおれの顔を拝みに来たら、言ってやるよ。腕は一つ失くしちまったけど、おれは今、とても仕合わせだって」

「きっといい慰めになると思うわ」

再び顔を上げた佐助と笑みを交わした時、表から男の声がした。

十

「ごめんください」

覚えのない声である。

立ち上がった佐助と顔を見合わせて、凜は戸口に近付いた。

「どちらさまですか？」

「宍戸屋《ししどや》の仁兵衛《じんべえ》と申します」

「宍戸屋の……」

凜が繰り返す間に、佐助が土間に下りて来て囁いた。

「日本橋の小間物屋《こまものや》の大店《おおだな》だよ」

戸を開くと、杖《つえ》を手にした小柄な男が立っていた。髷《まげ》には大分白髪が交じっているが、顔の皺《しわ》はそう多くなく、まだ五十路前だと思われる。上等な着物や提げ物から判ずるに、店者ではなく店主か隠居《いんきょ》だろう。

「私は栗山先生の弟子で、凜と申します。先生は往診にお出かけで留守にしておりますので、私が言伝《ことづて》を承《うけたまわ》ります」

「言伝は無用です。どうしても先生に診ていただきたいんでね。ここで待たせてください」

「ですが、いつお戻りになるかは――」

「六ツまでは待たせてもらいますよ。足が痛いんです。まずはちょいと休ませてくださいよ。ああ、薬礼はもちろん先生の言い値を払いますから」

杖をつきつつ、仁兵衛は無理矢理、凜と佐助の間に割って入り、土間を横切って広縁に座り込んだ。

お金に糸目をつけないなら、遣いを送るなり、駕籠《かご》を使えばいいものを――

凜の胸の内を読んだがごとく、むっつりとして佐助が言った。

「足が痛《いて》ぇんなら、遣いを寄越せばよかったじゃねぇか」

「だが、それでは断られるやもしれんだろう」

「そんなら、せめて駕籠で来りゃあよかったんだ。無理に歩いて、もっと悪くなったらどうすんだよ」

「八幡《はちまん》さまに行った帰りに、急に痛くなったんだ。大事になる前に、深川の名医に診て欲しくてな。栗山先生は深川一の名医なんだろう?」

「深川どころか、江戸で一番さ」

「そうかね。そりゃますますお目にかかるのが楽しみだ」

仁兵衛はにっこりと目を細めたが、佐助は——凜も胸中で——眉根を寄せた。

人好きのする穏やかな顔をしていながら、目の端々で土間や診察部屋を窺い、凜たちを品定《しなさだ》めしているようだ。

「お凜さんといったな。先生のお弟子さんはあなた一人かね?」

「いいえ、二人です。こちらの佐助さんが一番弟子で、私が二番弟子です」

「ほう、坊主《ぼうず》もお弟子さん——しかも一番弟子か。そりゃ面白《おもしろ》い」

莫迦にされたとは思わなかった。仁兵衛はただ、女子供を弟子にしている千歳に興を覚えたようである。

千歳を「名医」と呼んだからだろう。佐助も腹を立てることなく、だが凜を見上げて肩をすくめてみせた。

と、凜が戸を閉める前に、今度は凌介がやって来た。

「栗山!」

「先生はお留守です」

「嘘をつくな！」

「嘘じゃありません」

　つい先ほどの仁兵衛より強引に、凌介は凜たちを押しのけるようにして土間に踏み込む。

　すれ違った凌介からは、今日も酒の臭いがした。

「栗山！」

「先生は留守だって言ってんだろ！」

　怒鳴り返した佐助に続いて、仁兵衛もおっとりと言う。

「先生は往診に出ているそうですよ」

「なんだ、てめぇは？　やつの仲間か？」

「患者です。といっても、今日初めてお伺いしたんですが」

「やめとけ、やめとけ。栗山はろくな医者じゃねぇ」

「そうですか？　江戸一の名医とお聞きしましたが？」

「とんでもねぇ。俺の女房を殺したばかりだぜ」

「おかみさんを？」

「ああ、そうだ。栗山に診てもらって、二十日余りでおっ死んじまった」

「おかみさんは頭を打って、怪我をしたんです」

仁兵衛へそう告げてから、凜は凌介に向き直る。

「この度はまことにご愁傷《しゅうしょう》さまでした。おていさんのこと、心よりお悔やみ申し上げます。しかしながら、頭を打つというのはとても危険なことなのです。ましてやおていさんは、一寸ほどと大きな傷を負《お》っていました」

「栗山の縫合がまずかったんだろう」

「縫合のせいとは思えません。傷も十日ほどで塞がりました。お亡くなりになった前日に先生が診た時も、傷に変わりはなかったと聞きました。ですが半月前、私が二度目の往診のお伴をして行った時、おていさんは頭痛が続いていると仰っていました。ゆえに、先生も私も予後を案じておりました」

凜の言葉には耳を貸さずに、凌介は再び仁兵衛へ言った。

「女房を殺しただけじゃねぇ。栗山は娘も取り上げようとしてやがるんだ！」

「というと？」

「女房を診るのに、栗山は俺を騙して借状を書かせやがったんだ！　そしたらさっき金貸しがうちに来てよ。五日のうちに金を返さなかったら、娘を借金のかたにもらってくってんだ！」

「おひろさんを？」

ひろが借金のかたになっていたとは寝耳に水で、凜はつい声を高くした。

「おうよ！　行き先はまだ判らねぇが、中《なか》か品川か……どっちにしろ、とんでもねぇ話だろう。栗山は、はなからあの烏兎屋って金貸しとぐるだったんだ！　とんだ医者――いや、女衒《ぜげん》だぜ！」

凌介が言う「中」は吉原のことである。

「この話は本当かね？」

凛を見やって仁兵衛は問うたが、横から佐助が先に応えた。

「とんだ言いがかりさ。おれたちは――先生も――娘さんをとってくたぁ知らなかった。借金の取立は烏兎屋に任せてっからよ。でも、この人は納得ずくで借状に署名したんだ。額は三両、期限は一月――お前こそ、はなからまた踏み倒す肚《はら》だったんだろう」

「高いとは聞いていたが、一寸の縫合に三両とは驚いた。期限も一月とは……」

「違わぁ」

むくれ顔で佐助が借状を書かせたいきさつを話し始めたが、いきり立った凌介が佐助へ手を振り上げた。

「黙れ！」

「佐助さん！」

凌介と佐助の間に回り込んだ凛を、凌介は難なく突き飛ばす。

「お凜さん！」

要に習った受け身を取りつつ、凜はとっさに淩介の腕をつかんだ。

凜は後ろへ、淩介は前のめりに土間を転がる。

「何しやがる！」

凜と同時に、すぐさま起き上がって怒鳴った淩介へ、「ちょいと借りるぜ」と仁兵衛の杖を手にした佐助が打ち込む。

鳶職人だけに淩介は身が軽く、一太刀目はあっさりかわされた。

「小僧！」

顔を真っ赤にして淩介は杖へ手を伸ばしたが、佐助は日頃「鬼ごっこ」と称して柊太郎の竹刀《しない》をよける稽古をしている。よって淩介よりも軽やかに身を翻《ひるがえ》すと、まずは淩介が伸ばした腕を、それから脛《すね》を続けて杖で打った。

「うっ……」

うめき声を上げた淩介がしゃがみ込んで脛を抱えたところへ、ひょいと千歳が帰宅した。

十一

「何ごとだ?」

「先生!」

仁兵衛の杖を持ったまま、佐助が千歳に駆け寄った。

「客を杖で叩《たた》くたぁ、尋常《じんじょう》じゃねぇ。足が利《き》かなくなったらそいつのせいだぞ。それとも何かい? こうして餓鬼《がき》を使って、客を患者にしちまおうって肚かい?」

「こいつがお凜さんを突き飛ばしたんだよ!」

佐助が千歳に事情を話す間、凜は土間に座り込んだままの凌介を睨《にら》みつけた。

酒が入っているとはいえ、凌介は迷わず佐助に手を上げ、凜を突き飛ばした。

きっと、おていさんやおひろさんにも常日頃から、同じように手を上げていたに違いない——

ていは「転んだ」と言ったが、突き飛ばされたか押されたか、はたまた殴られるのをよけたからか、そのきっかけは凌介にあったのではないかと凜は疑った。

佐助から話を聞いた千歳は、凌介を広縁に座らせて腕と脛を診た。

「大事はない。ああ無論、この見立て代はいらんよ」

立ち上がって、凌介は再び声を荒らげた。

「たりめぇだ! それより金貸しをなんとかしやがれ! おていは死んじまったんだから、おていの分の薬礼はなしだ! おととしの俺の分はおていの香典《こうでん》だ。それでおていを殺したことはちゃらにしてやろう。そこにいる御仁《ごじん》が証人だ！」

そう言って凌介は仁兵衛を指さしたが、仁兵衛は呆れ顔で小さく頭《かぶり》を振った。

「私はそんな莫迦げた話の証人にはなりませんよ」

「なんだと！」

「酔っているんだろうが、お前さんの言い分は明らかにおかしい。いやはや亡くなったおかみさんも、借金のかたになった娘さんも、苦労されてきたんでしょうな」

「てめぇ……ちっ、金持ちにゃあ判らねぇか。あんたみてぇなお人には、三両だってはした金なんだろうな。三両ってのは、長屋暮らしにゃ大金なんだ。一月やそこらでなんとかなる額じゃねぇ」

「だが、そこのお弟子さんの話では、お前さんはおととし、仲間が貸してくれたお金を博打ですってしまったんだろう？」

「それは――怪我で働けなかった間は実入りがなかったから、一山《ひとやま》当ててやろうとしたんだ。そうすりゃ、女房子に苦労させずに済むと思って……」

「莫迦莫迦しい」と、仁兵衛は再び頭を振った。「医者を人殺しや女衒呼ばわりするなんて……お前さんみたいな博打打ちよりも、私はお弟子さんの言い分を信じるよ。おかみさんのことはお気の毒だった。よっぽど打ちどころが悪かったんだろう。だが娘さんのことはお前さんのせいだ。先生を恨むのはお門違《かどちが》いだよ。お前さんが、博打のために、娘さんを売ったんだ」

「なんだと、この爺ぃ！」

「おとっつぁん、やめて！」

仁兵衛へ飛びかからんとした凌介へ、戸口からひろが叫んだ。

ひろの後ろには長屋の大家の姿も見える。

「すみません。きっとこちらへ向かったんだろうと思ったんですが、私一人では心許《こころもと》なくて、大家さんを探していて遅くなりました。——おとっつぁん、もういいよ。もう帰ろう」

「莫迦を言うな。ちっともよくねぇ。お前を花街になんかやるもんか。俺が借状を取り返してやる！」

「借状は烏兎屋さんが持ってるのよ。もう取り返しがつかないのよ」

「そんなこたねぇ」

「おひろさんが言う通りだ」

冷ややかに、凌介を見やって千歳が言った。

「借状はとうに烏兎屋に渡してある。薬礼と引き換えに……ゆえに、どう取り立てるかは烏兎屋次第で、私や弟子を脅《おど》したところで何も変わらんよ。おひろさんを手放したくなくば、こんなところで油を売っていないで、あと五日のうちに三両、耳を揃えて烏兎屋に返しに行くがいい」

「この……！」

「凌介、もうやめろ」

凌介と千歳の間に入って大家も止めた。

「やめるんだ。これより大ごとになったら、儂《わし》もお前を庇《かば》いきれん。先生をなじったところでなんにもならん。まずは家に帰って、別の策を練ろうじゃないか」

老齢の大家に諭《さと》され、凌介は渋々頷いた。

千歳を今一度睨《ね》めつけて踵《きびす》を返した凌介へ、仁兵衛が声をかけた。

「凌介さんとやら」

「なんだ？」

「私は常陸《ひたち》の裏長屋で生まれ育った。だから三両のお金がどれほどの大金か身をもって知っているし、その値打ちはお前さんが言うところの『金持ち』になっても変わっとらんよ。私はね……お金がないがゆえに人や物を失う無念を嫌というほど味わってきた。それればかりか、今はどんなにお金を積んでも、救えない命、得られない物があるという無念も知っている」

仁兵衛の言葉に凌介は顔を歪《ゆが》めたが、怒りや憎しみからではないようだ。

「改めて、謹《つつし》んでおかみさんのご冥福《めいふく》をお祈りするよ。娘さんのためにも――お前さんのためにも」

目をそらした凌介が戸口へ足を向け、大家とひろがそれに続いた。

凌介は無言で出て行ったが、「お騒がせいたしました」と大家が頭を下げたのへひろも倣って、深々と頭を下げてから戸口の向こうへ姿を消した。

三人の姿が見えなくなるや否や、佐助がぴしゃりと戸を閉める。

「また変な客が来ちゃ敵《かな》わねぇからな」

「変な客というと、私もかな？」

「先生、このお人は日本橋の宍戸屋の仁兵衛さんだ。足を痛めちまって、どうしても先生に診て欲しいってんで待ってたんだよ。薬礼も言い値でいいってよ」

仁兵衛には応えずに、少々嫌み交じりに佐助が言った。

「さようか。それならまずは見立てに二百文、この場で治せるものなら治療いたします。もしも更なる治療が入り用となれば、新たにご相談といたしたく」

「二百文ですか。先生の薬礼はべらぼうにお高いと聞いていましたんでね。もっと吹っかけられるかと思いました」

「先生は、金持ちだからって吹っかけたりしねぇよ。貧乏人でも金持ちでも、薬礼は一律さ」

「ほう、それは公正でありがたい。いや何、人を見て吹っかける者もそこそこいるんでね……それで往診代はいくらになりましょう？　先に払っておきますよ」

懐《ふところ》から財布を取り出すと、仁兵衛は佐助へ苦笑を浮かべてみせた。

「すまないね。足を痛めたというのは方便で、杖も借り物なんだ。噂の栗山先生がどれほどの者か、この目で確かめたくてやって来た」

「じゃあ、患者は――」

「店にいる。先生、先生は文月《ふづき》に早駕籠をお断りになりましたね。先客が――腕に鉈《なた》が刺さった大工がいたとかで」

「そういうこともありましたな」

「患者はあの時の者です。店先で刃傷沙汰《にんじょうざた》に巻き込まれましてね。客を庇って腹を刺されたんです。うちの番頭でね。もう長いこと苦楽を共にしてきた者だから、金瘡医として名高い先生に頼みたかったんです。金に糸目はつけないと言っておいたにもかかわらず、断られたと聞いて驚きましたが、まあ運が悪かったようですな。為替《かわせ》が入り用とは思いも寄りませんでしたよ」

――為替か証文でもあるならともかく、言うだけならいくらでも言えるからな。引き取ってくれ――

そう言って、千歳は早駕籠を断ったのである。

「とすると、二月《ふたつき》も前の傷が長引いているのですか？」

「いえ。幸い腹の傷はほとんど治っているんですが、先日、今度は通りすがりの子供を庇って転んだ折に、足にかすり傷を負ったんですよ。これがすぐに治るかと思いきや、昨日から二、三、赤いぶつぶつが出てきて、少しずつ痛みが増しているそうなんです」

かすり傷でも、時に膿《う》んだり、水ぶくれになったり、宍戸屋の番頭のように赤い発疹から火傷痕《やけどあと》のように傷が広がる時がある。

「弱り目に祟《たた》り目ですな」

「ええ。此度は是非とも、なるたけ早く先生に診ていただきたいのです。入り用ならば、この場で為替を書きますよ」

仁兵衛が財布から為替らしきものを取り出すのへ、千歳は微笑んだ。

「あなたは金の値打ちをよくご存じで、信用に足るお方のようだ。痛みが増しているのなら、今日これからお伺いいたします。日本橋まで往診に別途一分、為替は不要です。ただし先ほどあなたが仰ったように、どんなに金を積んでも――またどれだけ力を尽くしても、救えぬ命がこの世にはあります。医者として最善は尽くしますが、もしもの時は恨みっこなしでお願いいたします」

「承知しました」

己が伴をするのだろうと思いきや、千歳は凜にも留守番を申し付けた。

「佐助と一緒にいてやってくれ」

「おれは一人でも平気だよ」

「いいから本復するまで、大人しくしておけ」

「へぇい……」

凜と佐助が膏薬《こうやく》や阿剌吉酒《あらきしゅ》、巻木綿などを、千歳が尖刃刀《せんじんとう》や剪刀《せんとう》、針、鑷子《せっし》などの道具を支度する間に、仁兵衛が再び口を開いた。

「先ほどの娘さんですが……もしもあの者が期日までにお金を工面できないようなら、私が肩代わりしますから、金貸しに話をつけてもらえませんか？」

仁兵衛の申し出に、凜や佐助のみならず、千歳までも驚き顔になる。

「何ゆえ、仁兵衛さんが？」

「私は八年前、七つだった娘を風邪で亡くしました。本道の名医といわれる医者を呼び、言われるがままに手当てに薬、果ては祈禱《きとう》まで頼みましたが、甲斐《かい》なく娘は逝ってしまった。先ほどのあの子はおそらく十五、六……娘と変わらぬ年頃でしょう。袖振り合うも他生の縁です。ただ、此度の借金を返したところで、あの父親のもとでは苦労するだけでしょうから、なんなら奉公先か嫁入り先を世話してやりたいが……」

「それなら、ご案じなさいませぬよう」と、千歳が目を細める。「おひろさんの奉公先は烏兎屋が既に手配り済です。ああ、もちろん花街じゃありません。牛込《うしごめ》の料理屋で、おていさんの実方《じつかた》からもそう遠くない。烏兎屋は高利貸しですが、主には主なりの掟《おきて》があるようでしてね。身内がそうと望まぬ限り、借金のかたにすることはありません」

千歳はていを縫合した翌日に烏兎屋に頼み、烏兎屋は凌介には内緒で、ていやひろの意向を確かめたそうである。

「結句、おていさんとおひろさんはかたになることを諾《だく》しました。凌介さんのためではなく、凌介さんから離れ、自らを守るためです」

また烏兎屋が聞き出したところによると、ていが転んだのは、やはり凌介の乱暴を避けようとしてのことだった。更に凌介は、怪我から十日余りで、傷が塞がったのをいいことに、ていに無理をさせていたらしい。

「おていさんがお亡くなりになったのは痛恨ですが、おひろさんは、これで心置きなく父親を見限ることができそうだと、烏兎屋に言ったそうです」

凌介には「身売り先」は内緒にしておくそうだが、人の口に戸は立てられぬため、いずれは知られてしまうやもしれない。

だが、牛込は深川からは御城を挟んだ遠方で、ひとまずひろが借金を返すまでは、烏兎屋が凌介にもひろの奉公先にも目を光らせておくという。

兎にも角にも、ひろが苦界に身を落とさずに済むと知って、凜は心底ほっとした。

凜を見やって佐助が問うた。

「まさか、先生が本当に女衒まがいのことをしてると思ってたのかよ？」

「まさか。でも、烏兎屋さんは判らないでしょう？」

「そんな真似をする金貸しを、先生が頼む筈がねぇ。先生が親の因果を子に背負わせたりするもんか。判ってねぇなぁ、お凜さんは」

呆れ顔の佐助へ凜は微笑んだ。

「そうね。私はまだまだね」

第二話

指切《ゆびきり》

一

「ふー、極楽《ごくらく》、極楽」

湯船の中で佐助《さすけ》が目を細める。

神無月《かんなづき》は四日。

凛《りん》と佐助は、今日は蓮《れん》と共に、永島町《ながしまちょう》の旅籠《はたご》・永島屋に来ていた。

「風邪《かぜ》はすっかり治ったようね」と、蓮。

「たっぷり食って寝たからな。風邪は温かくして休むに限るさ。それから、お凛さんがつきっきりで看病してくれたから。あ、あと、先生が蜂蜜と卵をたくさん食べさせてくれたから。な、お凛さん？」

千歳《ちとせ》の言葉を交えて微笑《ほほえ》む佐助へ、「ええ」と、凛も微笑み返す。

凛たちは昼下がりに千歳に頼まれて、表茅場町《おもてかやばちょう》の廻船問屋《かいせんどんや》・結城屋《ゆうきや》を訪ねた。

蓮の「お務め」の助太刀《すけだち》をして欲しい——と言われたのだ。

——詳しい話はお蓮に聞いてくれ。ただ一緒に出かけるだけで、危険はないと聞いている——

結城屋でおやつの茶と菓子を馳走《ちそう》になったのち、蓮は佐助に女物の着物に着替えるよう命じた。

——女三人でのお務めなのよ。佐助さんにはお忍びの姫の役をしてもらうわ。名は「蘭《らん》」ね。お凜さんと私はお蘭さまのお伴役《ともやく》よ——

これも千歳の頼みの内だと、佐助は渋々着物を着替えた。「お忍び」らしく着物は地味《じみ》だが、くくっただけの総髪《そうはつ》も櫛《くし》ですいていつもより整え、頭巾《ずきん》を被《かぶ》る。

結城屋に嫁《とつ》いだものの、蓮は千歳のような「抜け忍」ではなく、時折忍《しのび》ならではの仕事を請《う》け負うことがあるらしい。

一体どんな「お務め」なのか……？

佐助と二人して訝《いぶか》りながら、言われるがまま、凜は笠を被った佐助を蓮と二人で挟み、片腕であることが目立たぬようにして、結城屋から南に四半里と離れていない永島屋まで歩いた。

そうしてたどり着いた永島屋で、凜たちは「お務め」が方便《ほうべん》だったと知った。

風邪を患《わずら》った佐助と看病に勤《いそ》しんだ凜を労《ねぎら》うために——また、蓮が凜たちとの交遊を望んだこともあって——千歳がはからった「一休み」だったのだ。

永島屋は日本橋《にほんばし》や八丁堀《はっちょうぼり》に近いからか、旅籠の中でも上等だ。内風呂も備えているがため、ここなら佐助もゆっくり風呂に入れると千歳は考えたようである。

「よくも騙《だま》してくれたよなぁ……」

「千歳の親心よ」と、蓮。「だって千歳に拾われてから、少なくとももう二年半はお風呂に入っていなかったんでしょう？」

「うん、まあ……けど、身体はちゃんと毎日拭《ふ》いてるぞ」

「そう聞いたわ。でも、たまにはゆっくり湯に浸《つ》かりたいでしょう。ここは一族の息がかかった、うちの店のような旅籠だから、千歳はもっと早く連れて来てあげたかったそうなんだけど、千歳と二人きりじゃ難しいから躊躇《ためら》っていたようよ」

三助《さんすけ》は断るにしても、仲居《なかい》や湯番《ゆばん》がいる中、佐助を一人で風呂に行かせるには不安がある。とはいえ、千歳と「男同士」の入浴は互いに気まずい。

「今日はお遊びで姫の格好《かっこう》で来たけれど、お凜さんとならいつもの格好でも姉弟として通用するわ。まだ、今のうちはね……お風呂のことを別にしても、お凜さんにはいろいろ助けられているんでしょう？　お凜さんが来てくれてよかったわね」

「……うん」

何やら恥ずかしげに頷《うなず》いて、佐助が立ち上がる。

「あのさ、今度はおれがお凜さんの背中を流してあげる」

早く湯船に入れてやろうと、凜は蓮より先に佐助の背中を流してやったのだ。

「ありがとう」

「じゃあ、私はお先に」

佐助と交代に湯船に手をかけた蓮の脇腹には、五寸余りの引っつれた傷痕がある。──お蓮が怪我《けが》を負った折も、やつは人一倍、己《おのれ》の無力を悔《く》いていた──清衛《きよえ》が言っていた怪我の傷痕は、凛が思っていたよりずっと大きかった。

「その傷は、先生が縫ったの？」

佐助が問うのへ、蓮は苦笑を漏らした。

「そうよ。今の千歳に比べれば下手《へた》くそでしょう。でも、千歳がまだ医者を──殊《こと》に外科医を目指してまもない時だったのよ。千歳は十代の頃から医術を学んでいたけれど、初めのうちは本草《ほんぞう》や鍼《はり》が主だったから」

「ふうん」

「この傷もまた厄介《やっかい》でね。角手《かくて》でやられたのよ」

えぐられた上で斬《き》られたがため、縫合が難しかったようだ。

「先生は、いざという時に仲間を助けるために、医者になったって言ってた」

「そうよ。千歳はその昔──十三歳の時に、私の母が狙われたところに居合わせたの。二人はすぐさま逃げ出したけれど、敵が放った毒矢が母の足をかすめて……結《け》句《く》、母は四半里と行かないうちに走れなくなって、二の矢を受けてこと切れたと聞いたわ。千歳はそれまでにも亡骸《なきがら》を見たことはあったけれど、目の前で『身内』に死なれたのは母が初めてだったのよ。千歳が大きくなるにつれ──お務めが増えるにつれて、亡くした仲間も増えていった……」

しばし目を落とし、傷痕に触れつつ蓮は続けた。

「一撃で亡くなった者は、まだ諦《あきら》めがついたそうよ。でも母のようにしばしでも時をおいての死は、もしかしたら助けられたやもしれない、何か手立《てだ》てがあったんじゃないかって、無念を重ねてきたみたい」

神妙《しんみょう》に聞き入る佐助もまた、みちの死に様《ざま》に同じ無念を抱えている。

「おれはね……おれは片腕で大したこたできねぇけどよ。先生がこれ以上大事なお人を——お身内を亡くさねぇで済むように、精一杯働くからよ。たくさん医書を読んで、学んで、もっと先生の役に立てるようになるからな」

「あら、頼もしい」

思い詰めたような佐助をほぐすためか、蓮はおどけた。

「それなら、まずはお凜さんが風邪を引かないように、早く背中を流してあげて」

「おう」

「それから、佐助さんも怪我や病《やまい》に気を付けるのよ。佐助さんはいまや、千歳の一番の身内なんだから」

「……うん」

再び恥ずかしげに、そして嬉《うれ》しげに頷《うなず》いて、佐助は糠袋《ぬかぶくろ》を手に取った。

肩から背中へと、糠袋でしっかりこすってもらってから洗い流す。

佐助に続いて凜も湯船に浸かると、一畳もない湯船からは湯が溢《あふ》れた。

「はー、極楽、極楽」

佐助の二度目のつぶやきに、凜と蓮が顔をほころばせた矢先、蓮が「しっ」と人差し指を口元にやった。

何ごとかと、凜は佐助と共に身を固くする。

と、表から足音が近付いて来て、凜たちは一斉に耳をそばだてる。

「湯加減はいかがですか？」

板壁越しに湯番が問うのへ、蓮が緊張を解《と》いてにやにやした。

「お蘭さま。お湯加減はいかがでございますか？」

「あ……うん、ちょ、ちょうどようございます、わ」

声が裏返ったが、乙女《おとめ》の恥じらいと取れぬこともない。

「さようで。――どうぞごゆっくり」

湯番の足音が遠ざかってしまうと、凜は蓮と申し合わせたように笑い出す。

「ふふっ」

「ふふふ」

「なんだよぅ。お凜さんを真似《まね》てみたのに、そんなにおかしかったかよぅ？」

「ううん、上出来よ。いえ、上出来でしたわ、お蘭さま」

「ええ、お蘭さま」と、凛も頷いた。「かような受け応えがおできになるとは、指南役《なんやく》として誇らしゅうございます」

「ちっ」と、わざとらしく舌打ちをして、佐助は顎《あご》まで湯船に身を沈めた。

風呂を堪能《たんのう》して部屋へ戻ると、手ぬぐいで髪を拭く佐助を凛は手伝った。

「自分でできるよ」

「いいじゃないの。今日はお忍びのお姫さまなんだから」

「ただの方便じゃないか……」

ぶつくさ言いながらも満更《まんざら》ではないようだ。

じっと頭を凛に任せつつ、佐助は蓮を見やってしれっと問うた。

「なぁ、お蓮さん」

「なぁに？」

「先生にはどうやら意中の人がいるみてぇなんだが、お蓮さんはその人を知ってるかい？」

「まあ、千歳にそんな人が？」

大げさに、芝居《しばい》じみた声を上げた蓮を、凛も佐助越しに見つめる。

知っているのか、いないのか。

よしんば知っていたとしても、凜たちに明かす気はなさそうだ。

くすくすしながら蓮はまぜっ返した。

「佐助さんはどうなの？　本当は千歳じゃなくて、佐助さんにどなたか意中の殿方《とのがた》がいるんじゃゃなくて？」

「いねぇよ、そんなの。おれはずっと独り身で、ずっと先生の弟子でいるんだ」

「あらまあ」

からかい口調で相槌《あいづち》を打った蓮へ、凜も「裸の付き合い」を経《へ》た気安さで問うてみた。

「お蓮さんはその昔、要《かなめ》さんに想いを寄せていらしたそうですね？」

「私が、要を？」

「先生はそう仰っていました」

清衛から、千歳はかつて菫《すみれ》を袖にしたことがあると聞いた折のことだ。

千歳は菫の己への未練は年頃の女の思い違いだったと一蹴《いっしゅう》し、こう付け足した。

――なんなら私が思うに、菫は本当は要を好いていたのだが、お蓮も要に想いを寄せていたがために、私で手を打とうとしたのさ――

蓮が噴《ふ》き出した。

「真《ま》に受けちゃ駄目《だめ》よ。医術や武芸ならともかく、女のことで千歳があてになるもんですか。千歳は——ううん、大方の男は男ゆえに女心には疎《うと》いものよ。まあ、女は女で男心は解《げ》せないからお互いさまね」

千歳より三つ年下の蓮は三十五歳で、凜より一回り以上年上だ。それでいて、にっこり微笑む様はまだ二十代のように若々しいが、同時に、千歳に似た伊賀者の老《ろう》練《れん》さを感じさせる。千歳が女心に疎いか否《いな》かは別として、千歳も蓮も本心を隠すことには長《た》けているに違いない。

そうこうするうちに、夕餉《ゆうげ》の膳《ぜん》が運ばれて来た。

覚前屋《かくぜんや》のそれには劣るものの、上宿《じょうやど》だけに飯も上等で、凜たちは舌鼓《したつづみ》を打ちながら楽しんだ。

夕餉ののちは早々に夜具にもぐり込んだが、行灯《あんどん》を落とすことひととき、隣りの佐助が囁《ささや》いた。

「……お凜さん」

「なぁに？」

「……なんでもない」

「呼んでおいてそれはないでしょう。どうしたの？　お手水《ちょうず》に行きたいの？」

「違わい。小便くれぇ、一人で行けらぁ」

「じゃあ一体——」

——言いたくなくば言わずともよいと、助けた折に言ってしまったからな——

千歳の言葉を思い出して凜は口をつぐんだが、束の間の沈黙ののち、佐助は再び囁いた。

「あのよ……風呂といい、飯といい、あんまりいいこと尽くしだと、なんだか本当のこととは思えなくてよ……もしも……もしも寝て、起きて……」

全部夢だったらどうしよう？

先生のことも、栗山庵《くりやまあん》での今の暮らしも全て——

そんな言外《げんがい》の思いを聞いた気がして、凜は佐助の方へ身を寄せた。

「私もこういうところは慣れないから、なんだか落ち着かないわ」

「お凜さんも？」

「ええ。——ねぇ佐助さん、手を出して」

「手？」

問い返しながらも、佐助はもぞもぞと手を差し伸べたようだ。

薄闇の中、互いに探り合うと、すぐに手と手が触れ合った。

手をつなぎ、冷えぬように夜具の下に仕舞い込む。

「しばらくつないでおきましょう」

なんなら夜通しずっと——

「……うん」

手のひらから安堵《あんど》が伝わってくる。

佐助は月のものをとうに迎えていて、両乳も少しずつ膨《ふく》らみつつある。

女である証《あかし》が増える一方で、声変わりや喉仏《のどぼとけ》といった男の証は逆立ちしても得られぬがため、稲《いね》が言った通り、いつまでも誤魔化《ごまか》せはしないだろう。

――でも。

男でいようが女に戻ろうが、佐助さんがずっと先生といられるように、微力《びりょく》ながら助太刀したい。

目を閉じて、佐助のため、千歳のため、そして己のために、最善の道が開かれていくよう凛は祈った。

二

翌日は朝餉《あさげ》ののちに一旦結城屋へ戻り、佐助が着替えてから家路に就《つ》いた。

「早く帰って、先生を手伝わないと」

「ええ」

手伝いよりも、佐助は早く千歳に礼が言いたいようだ。

ともすると小走りになる佐助を、凛も早足で追って永代橋《えいたいばし》を渡った。

だが、五ツを過ぎたばかりの栗山庵の表戸には錠前がかかっていた。

「往診かな?」

「そのようね」

錠前を外して中へ入ると、土間《どま》に足跡の他、血痕《けっこん》らしきものを認めて凛たちは息を呑《の》んだ。診察部屋への引き戸は閉まっていたが、部屋の中はどことなく散らかったままで、千歳が急いで出かけたことが窺《うかが》える。

佐助と辺《あた》りを探してみたが、置文《おきぶみ》は見当たらなかった。

「柊《しゅう》太郎《たろう》が知ってるかもしれねぇ」

「今頃はきっと眠っているわ」

柊太郎は三日前から臨時の金蔵番《かねぐらばん》として、暮れ六ツ前に出かけて明け六ツ過ぎに帰宅している。

「しるもんか。叩《たた》き起こしてやる」

「あっ」

凛が止める間もなく勝手口から駆けて行った佐助は、ほどなくして戻って来た。

「柊太郎は何も知らなかったけど、治兵衛《じへえ》さんが教えてくれた。先生は昨日《きのう》、六ツ前に往診に出かけたって。おそらく泊まりになるから、おれたちが帰って来たらそう伝えてくれって言われたってさ」

治兵衛は裏の長屋の大家にして、柊太郎の隣人でもある。

「そう。それならお掃除《そうじ》しながら、先生の帰りを待ちましょう」

叩き起こされた柊太郎に同情しつつ、凜はまずは土間を掃《は》いて血痕を消した。

しかし、暮れ六ツになっても千歳は帰らなかった。

それどころか、翌日も一日中、梨のつぶてのまま凜たちは日暮れを迎えた。

「おかしい。おかしいよ。もしもまだ帰れなくても、先生ならきっと文か言伝《ことづて》を寄越す筈《はず》だよ。前に泊まりになった時は遣いが来たもん」

だが、佐助が千歳と暮らし始めてこのかた、泊りがけの往診はほんの一度、とある武家へ出かけた折で、その日のうちに遣いが来て翌日には帰宅したという。

「そうね……まだ見通しがつかないんでしょうけれど、一報寄越してくだされればいいのにね」

千歳の安否《あんぴ》も気になるが、患者を断らねばならないことも気が重い。看板は出していないが、それでも時に戸を叩く者がいる。皆切羽詰《せっぱつ》まっての、それなりの治療を求めてのことゆえに断らざるを得ない。凜たちには、作り慣れた薬を売ることくらいしかできないからだ。

佐助はしばし黙り込んで、再び、躊躇《ためら》いがちに口を開いた。

「先生は、ほんとは何か知っていたのかも……」

「何かって？」

「仇討《かたきう》ちか何か、刃傷沙汰《にんじようざた》になると知っていたんじゃねぇだろうか？　だから先生は、前もっておれたちを旅籠へ遠ざけておいたんじゃ……？　土間のあの血は先生の血だったのかも……」

「でも、往診に出たことは確かでしょう？　治兵衛さんに言付けて、道具も薬も持って行ったのだから」

「敵を追い払った後に、ひとまず身を隠そうとしたのかも……道具さえあれば、医者はどこででも続けられるから……」

つまり千歳は、凜たちを捨てて行ったというのである。

「それはないわ。先生はそんなことをする人じゃない」

佐助のために平静を装ってはいるものの、凜も不安を覚えぬでもない。

診察部屋を片付けて判《わか》ったのだが、千歳はいつもの往診より多くの道具と薬を持ち出していた。

「よしんばここを逃げ出さなくてはいけなかったとしても、必ず、なんらかの形で知らせてくれる。私はそう信じているわ。佐助さんは先生を疑ってるの？」

「それは……でも……でも要さんだって、ふらりと出てったきりじゃないか」

佐助同様、凜も要のことを思い出していた。

凜を苦界《くがい》から請け出し、二年ほども暮らしを共にした要は、ある日突然出かけて行方《ゆくえ》知れずとなった。

置文はあったものの、秘薬を貰《もら》い受けがてら、医者にして友人のもとでしばらく過ごす――といったことが書かれていたため、凜は一年余りも要の帰宅を待った。

思えば己は仇討ちばかりか、ただ人並みの暮らしをするためにも要を必要としていたが、要は凜を必要としていなかった。小娘の仇討ちに興を覚えたことは本当だろうが、凜を支えた主な事由《じゆう》は、先日佐助が言った通り、亡妻に似た女が苦しむ様を見たくなかったからであろう。

先生もまた、私が菫さんに似ていたから助けてくれた……

凜の仇討ちは既に、四箇月も前に終わっている。

一昨年、佐助を引き取るまで、千歳はずっと一人暮らしだったらしい。

人手はあるに越したことはなかろうが、助手が「必要」とは思えない。佐助が風邪で寝込んでいた時も、千歳は一人で難なく往診していた。

だとしても、先生に限って、黙っていなくなるなんてことはない――

己《おのれ》に言い聞かせつつ、凜はゆっくり大きく頭《かぶり》を振った。

「私はともかく、佐助さんを置いて行くものですか」

「でも……それならやっぱり、何かよんどころないことがあったんじゃ……」

ふと、蓮の言葉が頭をよぎった。

——お凜さんが来てくれてよかったわね——

もしや、先生は私に佐助さんを託すつもりだったのか……？

だが次の瞬間、凜はつまらぬ疑念を振り払うべく再び頭を振った。

「明日、お蓮さんとお稲さんを訪ねてみましょう。——そうだ。今日は私の部屋で一緒に寝ませんか？　こんな時は一緒にいた方が心強いもの」

「うん……」

夜具をくっつけて、此度《こたび》も手をつないで凜たちは眠りに就いた。

翌日は朝餉を済ませてすぐに蓮を、そののちに稲を訪ねたが、蓮も稲も千歳が行方知れずになっていることさえ知らなかった。

「それは心配ね。私の方でも探ってみるわ」

蓮は眉をひそめてそう言ったが、稲は肩をすくめただけである。

「まだ三日目なら、もちっと待ってみるんだね。何か判ったら知らせるから、まずは昼飯を食べておゆき。こういう時こそ、ちゃんと食べとかないとね」

忍《しのび》の間では、三日どころか一月《ひとつき》もつなぎがつけられぬことがあるらしい。

肩を落とした佐助と昼餉《ひるげ》を馳走になってから、凜たちは伊勢屋《いせや》を後にした。

「もしかしたら、今頃もう帰っているやもしれないわ」

「なら、いいんだけど……」

伊勢屋がある浅草《あさくさ》の三間町《さんげんちょう》から南へ戻り、御蔵前《おくらまえ》から浅草御門《ごもん》を抜けて両国広小路《りょうごくひろこうじ》へ出る。此度は出店にも寄らずに両国橋を渡ると、葉月《はづき》と同じく覚前屋の前には由太郎《よしたろう》がいて、凛たちを呼び止めた。

「ここへ来るのは前に由太郎さんとお話しして以来なのに、また佐助さんと一緒の時に顔を合わせるなんてすごい偶然ですね」

「そうでもありません」と、由太郎は苦笑した。「お客さまのお顔を覚えるために、葉月からできるだけ玄関先にいるようにしているんです。番頭の見習いみたいなものです」

「そうでしたか。由太郎さんは『若さま』ですものね」

由太郎は「若旦那」と呼ばれるにはまだ早いがゆえに、奉公人たちは親しみを込めて、内輪《うちわ》で「若さま」と呼んでいる。

「その呼び方はよしてください」

恥ずかしげに小声になった由太郎へ、佐助がむっつりとする。

「もったいぶんなよ。いいじゃねぇか、若さまでも若旦那でも——いずれは店を継ぐんだからよ」

「そりゃいずれはね。でもまだずっと先のことだよ。まだまだ、学ばなくてはならないことがたくさんあるからさ」

「ふうん……」

「それより、ちょうどよかった。昨日、道中双六《どうちゅうすごろく》をもらったんだけど、私はもう持っているものだったから、佐助さんにどうかと思っていたんだ」

「双六？」

「うん。東海道五十三次の、すごく綺麗《きれい》な色摺《いろずり》なんだ。次に道場へ行く時に持って行って、清水《しみず》先生に預けようかと思っていたけれど、今日会えてよかった」

「莫迦《ばか》にすんな！　やっぱりおれのこと、莫迦にしてんだろう！」

喜ぶかと思いきや、怒り出した佐助に凜も由太郎と共に驚いた。

「そ、そんなことないよ」

「双六なんて餓鬼《がき》の遊びじゃねぇか。おれぁまだ十二だけど、双六を喜ぶようなちびじゃねぇ。莫迦にすんのもいい加減にしろ！」

「莫迦になんてしてないよ。ごめんよ。そんなつもりはなかったんだ。私は双六は眺めるだけでも好きだから、佐助さんにも楽しんでもらいたかったんだ」

「そうよ、佐助さん。大人だって双六好きはたくさんいるのだから、子供の遊びと決めつけることはないでしょう」

とりなそうとしたものの、佐助は口をつぐんだまま、一人でさっさと一之橋《いちのはし》の方へ歩いてゆく。

「由太郎さん、せっかくのご厚意を無下《むげ》にしてしまってごめんなさい。佐助さんは今日は少々気が立っていて……」

「いえ、私が余計《よけい》な真似をいたしました。ああ、佐助さんが行ってしまいます」

由太郎に頭を下げて、凜は佐助の後を追った。

「佐助さん」

横に並んだ凜をちらりと見上げた佐助の顔には、由太郎へあたってしまった後悔がありありと窺《うかが》える。

「双六が嫌いだったとは、知らなかったわ」

「大嫌いだよ」

「それでも八つ当たりはよくないわ」

「……ごめんなさい」

「謝る相手が違うでしょう」

「うん……」

戻った栗山庵には錠前がかかったままで、凜たちは揃《そろ》って嘆息した。

しかしながら、一刻《いっとき》ほどして凜が夕餉の支度を始めた矢先、千歳はひょっこり帰宅した。

「先生！」

広縁《ひろえん》で節用集《せつようしゅう》を読んでいた佐助がすっ飛んで行く。

「どこに行ってたんだよぅ？　心配したんだぞ……」

「すまん」

と、今度は勝手口の方から、金蔵番に出かける柊太郎が顔を覗《のぞ》かせる。

「おっ、先生。やっと帰って来たのか」

「柊太郎は来るな！　見るな！」

千歳にしがみついたまま佐助が叫ぶ。

泣き顔を見られたくないらしい。

「へいへい」

くすりとして踵《きびす》を返した柊太郎を追って、凜は勝手口を出た。

「柊太郎さん、お気遣いありがとうございます。行ってらっしゃいませ」

「あ、うん——行って来る」

嬉《うれ》しげに頷いた柊太郎が木戸をくぐって出て行くと、凜は広縁に腰かけた千歳と佐助のもとへ戻った。

三日前の夕刻、負傷した伊賀者《いがもの》が訪ねて来たそうである。

「相棒《あいぼう》はもっとひどい怪我を負っているというので、急ぎ支度《したく》して家を出たんだ」

相棒は葛飾郡《かつしかぐん》の隠れ家《が》にいて、手当てした翌日も予断を許さぬ容態《ようだい》だった。千歳はもう一晩泊まることにしたものの、その日のうちに追手《おって》に襲撃されて、怪我人と一緒に応戦する羽目《はめ》になったそうである。

「敵はなんとか討ち取ったが、新たな追手を避けるため、二人が別の隠れ家へ身を移すのを手伝ってから、やっとこ帰って来られたのだ。心配かけてすまなかった」

小さく頭を下げた千歳へ、涙目の佐助が問うた。

「その巻木綿《まきもめん》……先生も怪我をしたんじゃねぇのかい？」

千歳の左の袖口から巻木綿が覗いている。

「目ざといな。実は少々刃がかすったんだ。ああ、案ずるな、大した怪我じゃない。だがお凜さんの練習台にちょうどいいと思ってな。どうだ、お凜さん？　縫合を頼めるか？」

にっこりとして、千歳は左腕を差し出した。

三

傷は長さはほんの半寸ほどだが、かすったというよりも、切っ先が刺さったようで二分《ぶ》ほども深かった。

「佐助、傷口を合わせといてくれ」

自らそうすることもできたが、千歳は佐助に頼んだ。

佐助が傷口を合わせて押さえる中、凜はおそるおそる針を刺す。

やや弧を描いた小さい針と持針器《じしんき》、鑷子《せっし》、剪刀《せんとう》は千歳が注文でわざわざ作らせたもので、縫合糸の絹糸《けんし》にもこだわっている。だが、同じ道具を使っているにもかかわらず、一針一針に千歳の倍どころか十倍ほども時を費《つい》やしたと思われた。

縫合の練習は布や革を使って時折行っていたものの、やはり本物の――生きている者を縫うのとは多分に違う。

「うむ、初めてにしては上出来だ」

そう千歳は褒めてくれたが、佐助の目は何やら厳《きび》しい。

「これから、もっと精進《しょうじん》しますから……」

感触を覚えているうちがよかろうと、凜は続く三日間、暇を見つけては縫合の練習に勤《いそ》しんだ。

三日目の神無月十日は十日夜《とおかんや》で、凜たちは柊太郎を交えて、餅《もち》を炙《あぶ》りつつささやかに月見の宴《うたげ》を楽しんだが――

明け方、六ツ半にもならぬうちに表戸を叩いた者がいた。

「浅草の丹波屋《たんばや》の彰吾《しょうご》と申します。早くに申し訳ありませんが、風花《かざはな》の手当てを頼みたく……どうか、この通り」

見たところ、彰吾は二十代半ばのぼんぼんだ。風花は吉原遊女《よしわらゆうじょ》かつ彰吾の馴染《なじ》みで、一刻ほど前に額《ひたい》を切ったそうである。

「手水《ちょうず》に立った折に他の遊女と喧嘩《けんか》になって、取っ組み合いの末に相手の簪《かんざし》が額をかすめたようで……先生の腕前は照芳《てるよし》さんからお聞きしています。往診代は弾《はず》みますので、今から中《なか》までご足労《そくろう》願えませんでしょうか？」

土間で座して深々と頭を下げた彰吾へ、千歳はすぐさま頷いた。

「承知した。お凛さん、支度を。一緒に来てくれ」

彰吾は吉原から舟を飛ばして来たという。帰りは凛たちにも駕籠《かご》を呼ぶと言ったが、何分《なにぶん》まだ朝早く、一番近い永代橋の傍の駕籠屋も開いていない。

運良く通りかかった空《から》駕籠に凛と往診箱を乗せると、千歳は彰吾に言った。

「私は駕籠と共にゆく。あなたは好きにするといい」

彰吾から先にたっぷり酒手《さかて》を受け取ったからか、駕籠舁《か》きたちは小走りに、半刻《はんとき》余りで凛を吉原まで運んだ。

女の凛のために大門切手《おおもんきって》をもらうまでしばしを要したが、凛たちは五ツ半には吉原の大門をくぐった。大門切手は吉原への道中手形《どうちゅうてがた》のようなもので、女は大門を出入りする際には切手を見せて「遊女にあらず」の証《あかし》を立てねばならない。

遊女にあらず……

苦界での日々が思い出されて、凜は思わず切手を仕舞《しま》った懐《ふところ》へ手をやった。凜は三年前に苦界を出たが、ここには今なお数千人の遊女がもがき苦しんでいる。

「すまんな。女性には楽しい場所ではなかろうが、こういったところでは、女性がいた方が何かとやりやすいんでな」

「そうでしょうね……私なら平気ですから、どうかお構いなく」

風花がいる妓楼《ぎろう》は大黒屋《だいこくや》といい、大門からほど近いところにあった。

風花は上級遊女の昼三《ちゅうさん》で、額の傷は一寸近くもあった。ただ、右斜め上の生え際《ぎわ》ゆえに、縫ってしまえば傷痕は目立たなくなると思われる。

「今のうちに縫っておいた方がようございます。今のままでは、傷が開いたままの形でそっくり痕《あと》となって残りますし、何より治《なお》りが遅くなります」

鏡台《きょうだい》の前で凜が説《と》くと、風花はしばし迷ったのちに頷いた。

「お願いしんす。顔も女郎《じょろう》の売り物でありんすぇ……なるたけ綺麗《きれい》に治しておくんなんし」

凜が傷を合わせて押さえる中、千歳があれよあれよと縫っていく。

風花はおそらく二十歳前後だろう。その顔は白粉《おしろい》を塗《ぬ》っていなくても白磁《はくじ》のようだが、外に出る機会のない女郎には色白が多い。

一体いつ、どうして売られてきたのだろう――

手ぬぐいを嚙み、痛みに耐えている風花を励ましながら、凛は思い巡らせた。

だが、問いがけは無論控えた。苦界を出た己《おのれ》が身の上を問うなど嫌みなだけだ。

縫合を済ませてまもなく、禿《かむろ》が遣手《やりて》を呼んで来た。

「もう二人、ついでに診《み》ていただきたい者がおります」

「二人？」と、風花が眉をひそめる。「わっちは花里《はなさと》の分しか持ちんせんよ」

「久舟《ひさふね》の薬礼《やくれい》は自分で払わせるから安心おし。だが昼見世《ひるみせ》の支度があるから、久舟を先に診てもらうよ」

「治療代は別で、見立てにそれぞれ二百文。それでもよろしければ」

諾《だく》した遣手が禿に案内を頼んで出て行くと、風花が頼んだ。

「先生、お帰りになる前に、花里の様子を知らせておくんなまし」

風花と親しい花里は鳥屋《とや》について――瘡毒《そうどく》に倒れて――三月《みつき》余りになるという。

「他の医者はもう手立てがありんせんと……けれども、せめてどうにかして痛みを和《やわ》らげてやりたいのでありんす」

「判った。後で様子を知らせよう」

禿に案内されて、久舟という部屋持を先に訪ねた。

久舟が差し出したのは左手で、小指の付け根が膿《う》んで腫《は》れている。

「これは、指を落とそうとしたのかね？」

「九分九厘《くぶくりん》はそうでありんしょう。心中立てなんて、九分九厘はただの芝居でありんすから」

「心中立《しんじゅうだ》てには、しんこ細工や死人の指が使われると聞いていたが……」

「……はい」

心中立ては男女が互いに愛を誓い、よそへ気を移さぬという証を立てることだが、女郎が客をつなぎとめる手段としてもよく使われる。

血判《けっぱん》を押した誓紙《せいし》はまだ可愛い方で、客の名に「命」を足した刺青《いれずみ》を二の腕に彫《ほ》ったり、「放爪《ほうそう》」——剝《は》がした爪——や、「切指《せっし》」——切り落とした小指——を贈ったりと過激なものもある。しかしながら、久舟が言う通りこれらの九分九厘はただの芝居で、刺青は客が来る時のみ墨で書き、爪や指はしんこ細工——糝粉《しんこ》を水でこねて蒸《む》した細工——や、手に入るならば死体の指が使われることがほとんどだ。

「これも芝居かね？」

「わっちは本気でありんした。ただ、いざ切ろうとした矢先、あの人から文が届いたと聞いてしくじったんでありんす。けれども、しくじってようござりんした」

久舟が待ち侘《わ》びた情夫からの文には、妻を娶《めと》ったことと、もう「遊べぬ」旨《むね》が記されていたそうである。

「あんな男のために切指しようとしていたなんて……ましてや、こんなことになりんして、悔《くや》しゅうござりんす」

「あなたを心から大事にしている者ならば、起請文《きしょうもん》はまだしも、刺青だの、爪だの、指だのは望まんよ。すっかり落としてしまわずに済んでよかった。これならまだ治しようがある」

そうよ。

そんな男のために——いいえ、たとえ相思《そうし》の間柄でも——指を落とすなんて莫迦《ばか》莫迦《ばか》しい……

だが女の——しかも鉄漿《おはぐろ》どぶの外に住む己は余計な口を利《き》かぬ方がよい。よって凜は黙って、千歳が膿《うみ》を出すのを手伝った。

己も元女郎なれば、心中立てしたくなる気持ちは判らぬでもない。身請《みう》けを望まぬ女郎はまずおらず、身請けが叶わずとも、何かよりどころが——心から愛し、信じられるものがなければ、苦界を生き抜くことは難しい。身内や男、友の他、神仏も多くの女郎のよりどころであった。

膿を出し切ると、改めて傷口を阿刺吉酒《あらきしゅ》で拭《ぬぐ》って膏薬《こうやく》を塗る。指が動かぬように、薬指と一緒に巻木綿を巻いた。

千歳に促《うなが》されて、凜はサボンを小さく切り分け、膏薬と共に久舟に渡した。

「腫れが引くまでは一日に二度、腫れが引いたら一度でよいので、傷口を白湯《さゆ》で洗ってください。洗い過ぎてもよくありませんので、サボンはほんの少し――ですが膏薬は都度《つど》しっかり塗ってくださいまし。……どうかお大事に」

久舟が値踏《ねぶ》みするように凜を見つめた。

余計な一言だったと、凜は思わず目を落とす。久舟はおそらく凜と変わらぬ歳だろう。指が治ったところで、苦界にいることに変わりない。二十二、三歳となると身請けの見込みは少なく、年季《ねんき》明けまではまだまだ遠い。

「痛み入りんす」

そっけない応《こた》えを聞いて、凜はただ小さく頭を下げた。

続いて訪ねた花里は、久舟と同じく部屋持だったそうだが、今は妓楼の奥の、納《なん》戸《ど》のごとき板間《いたま》にいた。

部屋に入った途端《とたん》、悪臭が鼻をつく。

その臭いには覚えがあった。

瘡毒で死にゆく者の臭いだ。

凜が売られた郷里の遊女屋・叶屋《かのうや》にも似たような部屋があった。引き取り手のいない――帰るところのない――女郎が死病に倒れた時に行く部屋だ。

ただし、長々とその部屋で暮らす者はいない。皆、早ければその日のうちに、遅くとも一月《ひとつき》のうちに、病に死すか「自死《じし》」するからだ。

――「自死」ですか……？――

疑念を滲《にじ》ませた凜のつぶやきに、姉女郎は笑って応えた。

――それも叶屋の温情さ。「自死」だろうがそうでなかろうが、最期《さいご》に誰かが傍にいてくれるなら、そこらで一人で野垂《のた》れ死ぬよりましだろう――

身請けされる前は、己もいずれその部屋で死を迎えるやもしれぬと、凜は幾度か死にゆく者の世話を手伝った。また、そうする女郎はけして少なくなかった。折檻《せっかん》や刃傷沙汰は免《まぬか》れても、流産や出産、瘡毒から死す危険は誰にでもある。

「花里さん、私は医者の栗山千歳と申します。風花さんに頼まれて、あなたの様子を窺いに参りました」

千歳のいつもと変わらぬ声を聞いて、凜も知らずにしかめていた顔を和らげる。

「私は栗山先生の弟子で、凜と申します」

四

風花の部屋へ戻ると、千歳は淡々として告げた。

「残念ながら、もう手の施《ほどこ》しようがない。痛み止めや眠り薬なら都合《つごう》してやれるが、花里さんはあなたの借金となるゆえいらぬと言った」

それどころか、花里さんは毒を所望した――

千歳の後ろで凜は小さく唇を噛んだ。

苦界を離れて三年余り、久しぶりに、改めて瘡毒の恐ろしさを目の当《ま》たりにした。

花里が下疳《げかん》を認めたのは半年ほど前で、一度は膏薬で治《おさ》まった。だが二月《ふたつき》余りで楊梅瘡《ようばいそう》が現れ、時を待たずして身体《からだ》の節々《ふしぶし》が疼《うず》き始めたそうである。

更には、楊梅瘡のせいで右目は今はもう見えず、舌も腫れていて、飲み食いはもちろんのこと、会話にも苦労していた。身体のあちこちに麻痺《まひ》が、また下肢《かし》には壊死《えし》もみられて、十日ほど前から清器《せいき》――御丸《おまる》――にも座れなくなり、今はむつきを着《つ》けている。

千歳は話を聞いたのみで、身体を検《あらた》めることはなかった。そうせずとも「手の施しようがない」ことは凜の目にも明らかだった。

――もう充分でありんす――と、花里は言った。――風花にはもう充分よくしてもらいんした。これ以上、あの子の借金を増やしとうありんせん。痛み止めも眠り薬もいりんせん……代わりに毒をおくんなんし――

「あなたと花里さんは同い年で、同じ日にここへ来て以来の親友だそうだね。今朝《けさ》の喧嘩も、相手が花里さんの悪口を言ったからだと、花里さんが教えてくれた」

「花里が？」

「おせっかいな者が知らせたそうだ。あなたが大怪我をしたことも……花里さんはあなたの怪我を案じていたよ」

「大怪我だなんて……」

風花の喧嘩の発端《ほったん》は、同じく昼三の若雲《わかぐも》という女郎が花里の瘡毒を「天罰」だと言ったことにあった。

「若雲は前に幾度か、好みの客を花里にとられたことがありんした。とはいえ、瘡毒が天罰だなんて笑止千万《しょうしせんばん》でありんす。みんな——女郎に限らず——明日《あす》は我が身やもしれんせんのに」

「まったくです」と、つい千歳より早く凜は頷いた。

瘡毒は「うつる」病ゆえに、女郎から客へ、客から市中へと、花街《かがい》を知らぬ者もけして無縁ではない。また、花里のように下疳が現れてまもなく床《とこ》に就《つ》く者もいれば、下疳が治ってから十年もして再び病状が出ることもある。

凜を束の間見つめて、風花は再び口を開いた。

「わっちはもう天涯孤独《てんがいこどく》の身でありんす。運が良ければ身請けの道もありんしょうが、わっちもまた——なんならそう遠くないうちに、あの部屋にお世話になるやもしれんせん。花里とはずっとその覚悟を共にしてきんした。花里には親兄弟がおりんすが、頼ることはできんせんそうで……花里はわっちが最期まで看取《みと》ってやりとうござぃんす。先生、お凜さん、痛み止めでも眠り薬でもお頼み申しんす。それからお薬の他にも、今一つお頼み申したいことがありんす」

「なんだね？」

「花里は二親は恨んでおりんすが、弟妹《ていまい》のことはずっと気にかけておりんした。弟妹がどうしているか、調べていただけんせんか？　叶《かな》うなら、お凜さんに……」

弟妹のことを——できればその無事を知らせてやりたいと、風花は一月ほど前にもある客に同じことを頼んだのだが、客は「実家は離散していた」と告げたのみだったという。

「ろくに調べもせずに、なんなら実家にも行かなかったのではないかと疑っておりんすが、わっちには確かめるすべがありんせん」

「だが、何ゆえお凜さんに？」

「男の人よりも女の人の方が、あれこれ疑われずに済みんしょう。殊《こと》に、お医者さまに弟子入りされているようなお人なら……」

「ふむ。どうかね、お凜さん？」

千歳が己を見やるのへ、凜は一も二もなく諾《だく》した。

「私でお役に立てるのならば、是非《ぜひ》お許しいただきとうございます」

風花から委細《いさい》を聞き取ると、ひとまず持って来た痛み止めを渡して、凜たちは吉原を後にした。

五

吉原からの帰り道、此度《こたび》は覚前屋の前ではなく、一之橋で由太郎に出会った。

「往診からのお帰りですか？」

「うむ。由太郎さんは道場帰りか」

「はい。朝のうちに、佐々木《ささき》先生にたっぷり稽古《けいこ》をつけていただきました」

潑剌《はつらつ》として応えたのち、由太郎は凜の方を見やってもじもじした。

「お凜さんに用があるのかね？」

「あ、あの、少々お訊《き》きしたいことが……」

「ならば私は先に帰ろう」

「えっ？」

「患者が待っていると困るからな」

無論ありうる話だが、どちらかというと、気鬱《きうつ》の折のごとく、男には話しにくいことがあるやもしれぬと気を回したようである。

何やらほっとした様子で、由太郎が橋を渡って行く千歳を見送った。

「よかった。できたら二人きりで、ゆっくりお話ししたかったのです。ああ、けしてやましい誘《さそ》いではありません。お話ししたいのは佐助さんのことです」

まだ十四歳とはいえ由太郎は年頃の少年で、己は妙齢《みょうれい》の女である。

慌てた由太郎へ、凜は思わずくすりとした。

「それなら、回向院詣《えこういんもう》ではいかがですか？」

弁財天《べんざいてん》の方が近いが、回向院の方がずっと広く、話しやすい。覚前屋からほど近いゆえに、門前町《もんぜんちょう》にも相生町《あいおいちょう》にも由太郎の顔見知りがいて、時折会釈《えしゃく》をこぼしながら二町ほどの道をゆく。

「先にお参りしてもいいですか？」と、凜は問うた。

「もちろんです」

せっかくの折ゆえ、亡くなった女郎たちのために祈りたかった。

回向院は明暦《めいれき》の大火の死者を葬《ほうむ》った万人塚《まんにんづか》が始まりで、以来、無縁仏を含めてあらゆる者を受け入れてきた。

凜に続いて神妙《しんみょう》に手を合わせたのち、境内《けいだい》から少し離れたところで由太郎は切り出した。

「先日は差し出がましいことをいたしました」

「双六のことでしたら、こちらこそお詫《わ》び申し上げます。あの時は先生が遠方に出かけていて、佐助さんは先生を案じて気が立っていたのです。由太郎さんに八つ当たりしたこと、のちほど佐助さんは悔《く》いていました。次にお目にかかったら、きっと本人からお詫びがあると思います」

「そうだったのですか……」

再び安堵の表情を浮かべるも、由太郎はすぐに顔を引き締めておずおず問うた。

「し、しかし私はどうも、佐助さんに嫌われているようですね？」

「そんなことはありませんよ」

「そうですか？　その……佐助さんに同情がないとは言えません。ですが先だってお話ししたように、佐助さんは私より年下なのにしっかりしていて、友蔵《ともぞう》の足を見てもちっとも動じずに励ましてくれたのです。それで、佐助さんともっとお話ししたいと——仲良くなりたいと思いました。……寂しさもありました。三年前に店を手伝うために手習い指南所をやめてから、歳が近い者たちと遊ぶ機会がめっきり減ってしまったので……挙げ句、あんなやつにつけこまれて……」

岳哉《たけや》を思い出したのだろう。由太郎はしばし唇を嚙んで目を落とした。

「あれから……道場に通っていると聞いて、また佐助さんと親しくなれたらと思うようになりました。まずはうちの料理を食べてもらおうと、それから双六をもらった時も真っ先に佐助さんが思い浮かびました。でも、もしかして佐助さんは、私がその……穢《けが》れていることに気付いていて、避けているのでは……？」

「そんな筈《はず》はありません。佐助さんはあのことを知りません」

　声を震わせる由太郎へ、凛はすぐさま首を振った。

「よしんば――佐助さんがなんらかの形であのことを知ったとしても、由太郎さんを厭《いと》うことはありません」

「ですが佐助さんは聡《さと》い人ですから、もしかしたら……私にはそんなつもりは少しもないのですが……あのようなことがあったがために、私はあいつに知らずに似てきて、それで佐助さんに怖《こわ》がられているのではないかとも……」

「まさか」

　再びきっぱり首を振って見せるも、そんなことまで案じていたのかと胸が締め付けられる。

「由太郎さん」

　かける言葉にしばし迷うも、凛は由太郎をまっすぐ見つめた。

「由太郎さんの佐助さんへのお気持ちは、少々身分違いの――ですが、友愛だと思われます。人の友愛や情愛の形は様々で、誰が誰を想おうと咎《とが》められるいわれはありません。ただし、誰もが相思になれるとは限りません。それでも、親兄弟だろうが、友人だろうが、想い人だろうが、由太郎さんは好いた人を傷付けるような真似《まね》はされないでしょう。このこと一つとっても、由太郎さんとあいつには雲泥《うんでい》の差がありますす」

万が一、由太郎が佐助に情愛めいた気持ちを抱いているならば、それはおそらく稲が言っていた女の「気配《けはい》」ゆえではなかろうか。佐助が女だと知れば、由太郎は驚き、安堵することだろうが、これは凜の一存では明かせぬ秘密だ。

「私が見たところ、佐助さんは由太郎さんを嫌っていませんよ。お店での由太郎さんのお気遣いにも、ご馳走《ちそう》にも、とても喜んでいました」

「そうですか……それならよかった」

「それから、この際なので明かしてしまいますが、実は先日は気が立っていただけでなく、佐助さんは双六が嫌いだと後で聞きました。何故《なぜ》かは判りませんが……」

「そうだったのですね。実はあのあと父に成りゆきを話したのですが、父が言うには——ただの推し当《お あ》てですが——佐助さんが双六にああまで腹を立てたのは、もしやお身内に博打打《ばくちう》ちがいたのやもしれない、とのことでした」

「ああ、なるほど。それなら判らないでもありません」

合点《がてん》してから、凜は付け足した。

「私は卯月《うづき》に栗山庵に弟子入りしまして、前々から勤めている佐助さんの身の上はまだよく知りません。佐助さんは人見知りで、私も初めのうちは何かと邪険《じやけん》にされていて、今のように気安くお話しできるようになるまで時がかかりました。由太郎さんは佐助さんとはまだ数えるほどしか顔を合わせていませんし、暮らしぶりも違いますから、一朝一夕《いっちょういっせき》に仲良しこよしは難しいかと……」

「そ、そうですよね。それに、これも父に言われたのですが、私は結句《けく》、食べ物や玩具《おもちゃ》でつろうとしたようで――本当にお恥ずかしい」

実直な由太郎に、凜は微笑まずにいられない。

「物でつるのは褒《ほ》められたことではありませんが、人によくしたいと思う気持ちはちっとも恥ずかしくありません。ただ、いつもの暮らしとあまりにもかけ離れたご厚意が続きますと、相手は引け目を覚えてしまって、かえって煙たがられるやもしれません」

「父からも、似たようなことを……」

しゅんとする由太郎へ凜は問うた。

「あの、由太郎さんは豊正《とよまさ》という蒲鉾屋《かまぼこや》さんをご存じですか？」

「豊正？　もちろんです」

「佐助さんにお土産《みやげ》を買って帰りたいので、案内してもらえませんか？　佐助さんは豊正の竹輪《ちくわ》が大好物なのです」

「豊正の……喜んでご案内いたします」と、由太郎はようやく笑顔を見せた。

千歳より半刻ほど遅れて帰った凜へ、佐助が口を尖《とが》らせる。

「遅かったじゃねぇかよぅ。さっきまでてんてこまいだったんだぞ」

折り悪く、昼を挟んで四人の患者がいちどきに訪ねて来たそうである。

「では昼餉はまだなのですね。よかった」

「よくねぇよ。空きっ腹で死にそうだ」

「由太郎さんとお話ししたついでに、豊正まで案内してもらったのよ」

「豊正に？」

「ええ。竹輪を三本お願いしたら、由太郎さんの相《あい》弟子だからって、旦那《だんな》さんが一本おまけしてくれたわ」

「へ、へぇぇ……」

打って変わって相好《そうごう》を崩した佐助にくすりとしつつ、凜は竹輪を取り出した。

数箇月前までは医者の弟子と患者だった佐助と由太郎だが、今は佐々木道場の相弟子だ。無論、無理強《じ》いするつもりはないが、同じ年頃で、切磋琢磨《せっさたくま》できる友がいれば、互いに心強いのではなかろうか。

身の上は違えど、二人の間に友愛が育《はぐく》まれるよう祈りながら、凜は急いで昼餉の支度にかかった。

六

翌朝、凜たち三人は五ツ前に表へ出た。

表戸に錠前をかけ、千歳は伊賀者の様子を見に北東の葛飾郡へ、凜と佐助は花里の実家を訪ねるべく南西の芝《しば》へ向かう。

「先生がそう見立てたなら、ほんとに手立てはねぇんだろうけど……花里ってお人はまだ若いんだろう？」

「ええ。風花さんと同い年で二十歳だそうよ」

「そうか……おれぁ一度だけ、瘡毒《そうどく》の患者を見たことがある。そん時は横痃《おうげん》だけで、それだけではなんとも言えないって先生は言った。でも、患者が前に下疳《げかん》があったって言ったから、それなら瘡毒だろうって」

横痃――横根《よこね》――は股の付け根の腫《は》れのことだ。

「その患者はしばらくして楊梅瘡《ようばいそう》が出て、疼痛《とうつう》がひどくなって、結句自害しちまったって後で聞いた。瘡毒は遅かれ早かれ死んじまう不治の病なのに、花街に足繁く通うやつらの気がしれねぇや」

「本当に……」

往来の者が数人、ちらりとこちらを見やる。片腕ゆえに、ただでさえ人目を引くのに、「瘡毒」や「花街」などと子供が口にしたことに驚いたようである。

しばし口をつぐんだのち、佐助がおずおず問うた。

「由太郎さん、おれのこと怒ってた？」

「いいえ」

「おれ、今度ちゃんと謝るからよ」

「それがよろしゅうございます」と、凜は澄まして応えた。「あれではまるで、由太郎さんを毛嫌いしているみたいだったもの」

「ち、違うよ。由太郎さんはいいやつだよ。おれはただ双六が……ううん、ほんとは賭《か》け事が……」

「本当は賭け事が嫌いなの？」

「うん……嫌いだ。双六は、賭け事みてぇに賽《さい》を使うから嫌なんだ」

とすると由太郎さんのお父さんの推し当て通り、佐助さんには身内に博打打ちがいて、その借金のかたに売られたのだろうか――と、凜は思い巡らせた。

八丁堀から京橋《きょうばし》の南側へ抜け、通町《とおりちょう》に出る。

神田《かんだ》や日本橋はともかく、京橋から南へ行くことはあまりないため、凜も佐助も通町の店を眺めながら幾分のんびり歩いた。

花里の本名は「いち」、弟妹は「健太《けんた》」と「つぐ」といい、実家は芝でも増上寺《ぞうじょうじ》の南西、新堀川《しんぼりがわ》の南岸の松本町《まつもとちょう》にあるという。次女のつぐは十七歳、長男の健太は十三歳だと聞いている。

一刻ほど経て、金杉橋《かなすぎばし》の近くで一休みしてから、凜たちは松本町の長屋を訪ねた。

花里が死にかけていることは知られたくないという風花の意向で、吉原とのかかわりは隠して、つぐへの遣いを装うも、長屋の大家はにべもなかった。

「おつぐさんどころか、あの一家はもうここにはいないよ」

どうやら「離散」は本当だったようだ。

「おつぐさんと健太さんが、今どちらにいらっしゃるかご存じありませんか？」

「それより、あんたたち、一体誰に頼まれて来たんだい？」

「深川《ふかがわ》の栗山先生というお医者さまにです」

当たり障《さわ》りがないよう、だが迷うことなく応えると、大家はますます眉間《みけん》の皺《しわ》を深くする。

「深川のお医者先生が、わざわざこんなところまで女子供を寄越したってのかい？」

「ええ、まあ」

声を聞きつけたのか、おかみが一人、しかめっ面《つら》で井戸端に出て来る。

「あんたねぇ、その医者はおつぐさんになんの用があるってのさ？」

「それは……おつぐさんか健太さんにしか明かせません。お二人の行き先を教えていただけませんか？」

「健太さんは亡くなったし、おつぐさんは売られちまったよ」

「えっ？　そ、それはいつ――」

「昨年さ。霜月《しもつき》に健太さんが風邪で亡くなって、師走《しわす》におつぐさんは二親の借金のかたに品川《しながわ》の壬生屋《みぶや》に売られたのさ。二親はそれでも借金を返せずに、溜め込んでた家賃も踏み倒して、年越し前に夜逃げしたんだよ」

「そうとも」と、大家も頷く。「あんたたちもどうせ、薬礼だのなんだのと借金の取立に来たんだろう。まったく、あの手この手としつこいもんだ。だが、こっちもむしろ家賃を取り立てたいくらいだよ。さ、帰った、帰った」

　手を振る大家にむっとしながら、佐助が凛を見上げる。

「品川か……どうする、お凛さん？」

「ひとまずお暇《いとま》しましょうか」

　佐助と頷き合うと、凛は大家とおかみに向き直る。

「どうも、お邪魔いたしました」

　二人揃って頭を下げたところへ、木戸から駆け込んで来た女が問うた。

「ねぇ、加代《かよ》は？　加代は帰っていないかい？」

七

凜とそう変わらぬ年頃の女は染《そめ》という名で長屋の店子《たなこ》、加代は染の娘でまだ三歳だという。

染は今日は加代を連れて金杉橋の北側の、通町の浜松町《はままつちょう》で表店《おもてだな》を営む従姉《いとこ》を訪ねていた。染が従姉とおしゃべりに興じている間、加代は従姉の三人の子供の子守が店の奥で一緒に面倒を見ていたのだが、子守が一人のおしめを替えている間に加代がいなくなったそうである。

「加代は私を恋しがってたみたいで、子守はしばらく加代は私のもとへ戻ったと思ってたんだって。近所の人も一緒になって探してくれたんだけど、誰も加代を見たって人がいなくて……川も探してもらってるけど、番太郎《ばんたろう》が、もしかしたら一人で家に帰ったかもしれないって言うから、確かめに……」

いなくなって既《すで》に半刻ほど経っているそうで、長屋の者と共に凜たちも加代を探しに大的場《おおまとば》沿いを金杉橋の方へ向かった。

金杉橋より一町余り手前にある将監橋《しょうげんばし》で二手に分かれ、片方は将監橋を渡って川の北側を、もう片方はそのまま東へ向かって川の南側の町を訊《たず》ねて回る。凜たちは加代の顔かたちを知らぬが、背丈は二尺七寸ほどで、雀茶色《すずめちゃいろ》の着物に黒鳶色《くろとびいろ》の帯を締めていると聞いた。

染の従姉の店がある通りは、北は日本橋へ、南は品川宿《しゅく》へ続く大通りで、人や駕籠が引きも切らない。また、今のところ川や堀に落ちたという知らせはないようだが、金杉橋からほんの二町ほど東はもう江戸前——海である。

染が駆けずり回ったこともあり、金杉橋から南北に三町ほどの町には迷子のことが既に知れ渡っていた。

「真っ昼間なのに、誰も見かけてねぇのはおかしいなぁ」

「神隠したぁ、このことだ……」

町の者のつぶやきを聞いて、凜は千歳の言葉を思い出す。

——神隠しといっても、大方は人攫《ひとさら》いか子殺しだろうからな——

とはいえ、凜たちにできることは限られている。

もう四半刻《しはんとき》もすれば九ツだろうという時刻になって、凜は佐助に切り出した。

「お加代さん探しは、みんなに任せましょう。私はやっぱり、今日のうちに品川まで行って、おつぐさんの消息を確かめたいの」

「そうだな。それにしても、妹さんまで苦界に落ちていたとは、なんともお気の毒な話だな……」

「ええ。おつぐさんには、お姉さんのことは言わない方がいいでしょうね。花里さんにも、妹さんのことは言わない方が……」

　だが凜は、風花から此度の手間賃として二朱《しゅ》を受け取っている。

　昼三《ちゅうさん》の揚代《あげだい》は一晩一分《ぶ》二朱、昼夜だと倍の三分で、女郎の取り分は二割五分らしい。しかしながら、その内の六割——揚代の一割五分——は借金返済にあてられるそうなので、実際の取り分は一晩百五十文、昼夜客を取っても三百文となり、二朱——五百文——を稼ぐには、少なくとも二日はかかる。

　ましてや風花は、以前頼んだ客にも同等の手間賃を払っている。花里に告げるかどうかは別として、風花の信頼に応えるために、まずはつぐの生死を、それからその暮らしぶりをこの目で確かめて、隠さずに伝えたいと凜は思った。

　ただしここから品川宿まで一里半ほどあるがため、行って帰るとほぼ一日歩き詰めとなる。

「佐助さんは先におうちへ帰っていて。六ツまでには戻るから……」

「なんでだよ？　おれも行くよ」

「でも、もう大分疲れたでしょう？」

「疲れてねぇよ。平気だよ。……女一人じゃ危ねぇよ。いざという時は、おれもちったぁ役に立つから連れてけよ」

花街に佐助を連れてゆくのは気まずいが、己が佐助でも同行を主張しただろう。

「では、お願いします。佐助さんは、凌介《りょうすけ》さんが怒鳴り込んで来た時も、助けになってくれたものね」

「へへへ……」

道中の蕎麦屋《そばや》でさっと昼餉を済ませて、凜たちはひたすら南へ歩いた。

御台場《おだいば》を左手に通り過ぎてまもなく、八ツの捨鐘《すてがね》が鳴り始める。

番屋《ばんや》で道を訊ねて四半刻ほどで壬生屋にたどり着いたが、壬生屋の番頭はすげなく言った。

「おつぐなんて女は、うちにはいないよ」

「もちろん、源氏名は違うと思われます。芝の松本町の出で、昨年末にこちらにいらした方です」

「いや……前にもそう言って訪ねて来たやつがいたんだが、本当にうちにはそんな女はいないんだ」

「前にもどなたかが？」

「うん、借金取りがな。そのおつぐって女の親があちこちから借りてて、夜逃げしたんだろう。娘を連れてった金貸しが、何故だか、うちの名を身売り先として長屋の連中に教えていったみたいでな。娘なら親が逃げた先を知ってんだろうと、うちまでやって来たんだよ」

「その金貸しは、どうしてこちらさまの名を告げたのでしょう?」

「しらないよ」

「では、その金貸しの名は……」

「そいつもしらないよ。長屋の連中に訊いてみるんだな」

少しばかり同情の滲《にじ》んだ目で応えた番頭へ礼を言うと、凜は佐助を連れて妓楼が連なる一画から少し離れた。

目についた茶屋の縁台《えんだい》に腰かけ、汁粉《しるこ》を注文して一休みとする。

「もう身請けされているかもしれないと――なんならそう願って来たけれど、まさかこんな成りゆきになるとは思わなかったわ」

「でも、どうして金貸しは壬生屋の名を出したんだろう?」

「初めは壬生屋に売ろうとしたけれど、他にもっといい……もっと高く買ってくれる見世《みせ》が見つかったんじゃないかしら」

「そうか。で、どうする?」

「そうね……」

品川宿は北品川宿、南品川宿、歩行《かち》新宿の三宿からなり、併せて百軒ほどの旅籠に五百人の飯盛女《めしもりおんな》がいると聞いている。

夕刻までに深川まで帰るとなると、そう長居はできぬ。

でも、せっかく品川まで来たのだから――

思いが伝わったのか、佐助がにっこりする。

「気が済むまで付き合うぜ。どうせ、先生も泊まりになるって言ってたしな」

「ありがとう。あんまり遅くなるようなら、私たちも泊まりましょうか」

二百文も払えば、飯付きのそこそこ上宿に泊まることができる。素泊《すど》まりの木賃《きちん》宿《やど》なら五十文から部屋があるものの、安宿は女子供だけではどうも不安だ。津《つ》から江戸へ旅した折も、宿代はけちらなかった。

「うん、そうしよう」

佐助が頷いた矢先、子供の泣き声が聞こえてきた。

「おっかぁ！　おっかぁ！」

「よしよし……」

通りの斜向《はすむ》かいの飯屋に停まっていた四手駕籠《よつで》から、子供を抱いた女が降りて来る。抱っこしたまま子供をあやし始めるも、泣き声は高くなるばかりだ。

と、子供が大きくのけぞって、女が短い悲鳴を上げた。

子供の身体が突っ張り、震え始めるのが見える。

引攣《ひきつり》だ――

「ちょっと、あんた！　お代がまだだよ！」

茶汲み女が叫ぶもお構いなしに、凜は女のもとへ駆け出した。

「落ち着いて。お子さんを平らに寝かせてください」

女が子供を地面へ寝かせると、凜は子供の身体をやや横にした。もしもの嘔吐《おうと》で吐瀉物《としゃぶつ》を喉《のど》に詰まらせないためである。子供の額に手をやるも、熱がないことから、号泣からの引攣だと思われた。

着物を緩《ゆる》めてやろうと襟《えり》へ手をやって、凜ははっとした。

子供はおそらく三、四歳。雀茶色の着物に黒鳶色の帯を締めている。

「お加代さん？」

子供に問いかけながら女を見やると、女はさっと立ち上がって踵《きびす》を返した。

「誰か！　その人を捕まえて！　人攫いです！」

人々が戸惑う中、縁台にいた二人の男たちも女とは反対の方角に走り出す。

凜はとっさに近くの縁台から猪口《ちょこ》を手に取り、女へ投げつけた。猪口は女の頭に命中し、女の足がもつれたところを、近くにいた者が二人がかりで取り押さえる。

佐助もまた縁台から小皿を手にすると、逃げゆく男たちに投げつける。小皿は見事男の一人の首筋を打って、男が前のめりに転んだ。

歓声《かんせい》が上がる中、男もやはり近くにいた者たちに捕らえられた。

八

人攫いは男女の三人組で、二人の男は駕籠舁《か》きだったようだ。幾人かが二人目の男を追うも、残念ながら取り逃がしてしまったそうである。

加代の引攣はほどなくして治まり、凛たちが捕えた男女――慎吾《しんご》と江《こう》というらしい――は番屋にしょっ引《び》かれて行った。番人が日本橋へ向かう飛脚《ひきゃく》に頼んで、道中の金杉橋の近くの番屋に加代の無事を知らせてくれることになった。

加代の迎えを待つ間、再びの引攣を恐れた番人から子守を頼まれ、凛たちは加代を連れて茶屋へ戻った。

茶屋の主《あるじ》の厚意で、縁台ではなく、中の畳敷きの座敷で休ませてもらうこと一刻足らずで、加代の二親の染と太作《たいさく》が息を切らせてやって来た。

「加代！」

「おっかぁ！」

まだ舌足らずな加代が、染を認めてその胸に飛び込んだ。

二人を案内して来た番人曰《いわ》く、加代は染を求めて勝手口から表へ出たようで、江は路地にいる加代を見つけたらしい。

――一緒におっかさんのところへ行きましょう――

そう言って加代を騙《だま》した江は、一年ほど前にやはり三歳の娘を風邪で亡くしたそうで、つい「出来心」で加代を攫ったという。

「お加代が大人しくしてるんで、ひとまず駕籠を見つけて品川まで来てみたが、やはり後悔して、一休みののちは戻って自訴《じそ》しようと思っていたそうだ」

駕籠舁きたちは「子守」だと言う江を怪しんだが、結句、金につられて江と加代を品川宿まで運んだ。江が芝まで戻ると言うので安心していたところへ、凜が江を「人攫い」と呼んだために、自分たちも罪に問われると思って、とっさに逃げ出してしまったそうである。

拐《かどわ》かしは死罪で、その助太刀や人買いは重追《じゅう》放だ。

「本当は三人ともぐるで、死罪を免《まぬか》れようとしているのでは？」

「うん。儂《おれ》もやつらの言い分は信じておらん。まあ、江のような女は慎吾のような男を惑わすこともあろうがな……」

江は目を見張るほどの美女ではないが、男好きする見目《みめ》姿をしている。川崎《かわさき》宿《しゅく》に住まいがあり、加代を攫ったのは日本橋からの戻り道中だったそうである。

「ただ、やつらは九ツには品川に着いていたそうだから、一刻はここにいた。逃げるつもりだったなら、とっとと川崎までは行った、お加代と別れ難《がた》くて長居してしまった――などと江は言っている」

そういったことも含めて、大番屋のお白州《しらす》で明らかになるだろう――と締めくって、番人は番屋へ帰って行った。

「本当になんとお礼を言ったらいいか……」と、太作。「加代を見つけてくれただけじゃなく、引攣も診《み》てくだすったとか」

染も一緒になって頭を下げたが、二人とも何やら気まずそうな顔をしている。

染と見交わしたのち、太作が再び口を開いた。

「長屋で耳にしたが、あんた――あなたは医者の遣いで、薬礼の取立に、おつぐさんを訪ねて来たそうだね」

「取立に来たというのは、大家さんの思い込みです。私どもはただ、おつぐさんがどうしているか知りたいだけです」

「取立じゃない？　本当に借金取りじゃないんだね？」

「違います」

顔を見合わせた二人は、何か隠しているようだ。

「おつぐさんは壬生屋に売られたと長屋でお聞きしましたが、壬生屋ではそのような女郎はいないと言われました。おつぐさんが本当はどこに売られたのか、何かご存じありませんか？」

「そ、それは……」

「私が今、栗山先生のもとで働いていることは本当です。ですが……私はおいちさんの友人でもあります」

「おいちさんの友人？」と、染。「じゃあ、あなたも……？」

「はい」と、凜は頷いてみせた。「私は請け出されてもう大分経ちましたが……おいちさんとは今も時折、文をやり取りしております」

「そうなのかい。そんなら、おいちさんは達者《たっしゃ》に暮らしているんだね？」

「はい」

再び迷わず頷いて、凜は続けた。

「おいちさんは、常から弟さんと妹さんを気にかけていらっしゃいます。それで私に暇を見繕《みつくろ》って、お二人が達者でいるか見て来て欲しいと……ですが、なかなか芝まで出て来ることが叶わずにおりました。そうして今日ようやくお訪ねすることができたのに、弟さんはお亡くなりに、妹さんまで売られていたと知って悔しい限りです。けれども弟さんが亡くなったのなら、せめて妹さんの無事を——たとえ苦界にいても——確かめたくて品川まで参りました」

太作を見やって染が言った。

「いいだろう？　加代を助けてくれたんだよ。私はこの人を信じるよ」

太作が頷くと、染は凜たちに向き直る。

「すまないね……本当はおつぐさんは今、馬喰町《ばくろちょう》にいるんだよ」

健太が亡くなり、のちに二親が夜逃げしたことは本当だったが、つぐは借金取りが夜逃げを知る前に長屋の者のつてで家を出ていて、今は勤め先だった馬喰町の店に嫁《とつ》いで幸せに暮らしているという。

「もうほとんど来なくなったけど、借金取りがしつこくてね。ただ花街に売られたと言うと信じてもらえないかもしれないから、品川の壬生屋と聞いた、私らはそれしか知らないってことで押し通そうって、みんなで決めたんだよ」

ある借金取りが以前、自分の女を使ってつぐの行方《ゆくえ》を探らせようとしたことから、長屋の者は凜たちも借金取りの新たな手先だと踏んだようだ。

「娘を助けてもらったお礼にはまったく足りないが、今はこれしか……どうか受け取ってくれ」

居職《いじょく》の太作は加代を探しに出た時に、念のために金をいくばくか懐《ふところ》に忍ばせて来たそうである。

染たちは芝までとんぼ返りするが、凜たちは品川宿で一晩過ごすことにした。

束の間迷って、凜は清衛《きよえ》と会した旅籠・湊屋《みなとや》へ佐助をいざなった。湊屋は上宿銀《ぎん》の内で一泊二百五十文と高値だが、風花からの手間賃の他、先ほど太作からも豆板《まめいた》でおよそ二朱受け取っている。

湊屋では姉弟として宿を取り、内風呂で共に一日の汗と汚れを落とした。

風呂から出ると、ほどなくして夕餉の膳が運ばれて来た。佐助の脚付き膳は二つ重ねてあり、佐助は目を細めて箸を上げる。

「ご馳走《ちそう》だ」

小鉢の蟹《かに》の酢味噌和《あ》えに目を留めて、凜は佐助を見やった。

「佐助さん、蟹……」

「どうして謝るの？」

「謝る？」

いつぞやのうわ言を思い出し、もしも蟹が好物なら譲ってやろう、そうでなくとも何か想い出話が聞けぬものかと思って発した言葉だったが、返答に凜は驚いた。

「ああ、なんだ。こっちの蟹か」

小鉢に気付いて佐助は苦笑した。

「信濃《しなの》の——おれが生まれ育ったところでは『ごめん』の代わりに『かに』って言うんだ。『堪忍《かんにん》』が訛《なま》ったんだろうって、先生が言ってた」

「そうなのね。知らなかったわ。蟹の酢味噌和えは、久しぶりだと思って……」

そう誤魔化《ごまか》したものの、内心穏やかではなかった。

──さすけ……かに……みっちゃんも……──

佐助さんは夢の中で、「さすけ」とおみちさんに謝っていたのか──

凜の心情をよそに、佐助が問うた。

「ごめんって、伊勢《いせ》ではなんて言うの？」

「ごめんは『ごめんなぁ』かしら。江戸とあまり変わらないわ。ありがとうは上方《かみがた》と同じで『おおきに』だけど」

「ふうん……ねぇ、もっと伊勢のこと教えてくれよ。おれも伊勢の出ってことにしてあんだから、伊勢のことを知っていないとまずいだろ」

言葉の他、食べ物や名所の話をするうちに、亡き親兄弟が思い出されて凜は不覚にも声を震わせた。

「どうしたの？」

「ちょっと身内を──里心がついちゃったみたい」

親に売られた佐助に「身内」は軽率だった。すぐさま「里心」と言い直したものの、佐助は気にせぬ様子で微笑んだ。

「そら仕方ねぇや。お凜さんは、お身内に大事にされてきたんだから。お凜さんだって、お身内を大事にしてきたんだからさ……嫌みじゃねぇぜ。今日もおれぁなんだかほっとした。お加代がいなくなった時、女なのに、おっかさんもおとっつぁんも、長屋のみんなも必死に探してよ。あんな風にすぐに迎えに来てくれて、無事を泣いて喜んでくれてよ……」

　佐助が男児になろうとしたのは――そして今なお男児のままでいようと望んでいるのは――追手から逃れるためだけではなかったのだろう。人買いに売られた理由も貧しさのみならず、女は「役立たず」とみなされていたかららしい。

「おれは親にいい想い出がねぇけどよ。だからといって、おれみてぇのばかりじゃ嫌なんだ。世間ではおれの親みてぇなのより、お加代の親みてぇな方がずっとずっと多いんだって思うとほっとする。羨《うらや》ましいけど、ほっとするんだよ。だってそうじゃなかったら、どこへ行ったっておんなしだもんな。そんなのは嫌だよ。そんなのはあんまりだ」

「そうね。あんまりだわ」

「へへ……だって世の中は『捨てる神あれば拾う神あり』だもんな」

「ええ、まさに。お互い、いい神さまに拾ってもらえてよかったわね」

「うん」

　大きく頷いて佐助はにっこりとした。

「それにしても、お凜さんは存外、芝居上手《じょうず》だなぁ」

「あら、お褒《ほ》めにあずかり恐縮です。でも、どうして？」

「さっき、おいちさんの友達の振りを――女郎だった振りをしただろう。でもって、病のことはちゃんと隠し通したんだから大したもんさ」

「……修業の賜物《たまもの》よ」

「修業？　要さんとは武芸や医術の他に、芝居の修業もしたってのかい？」

からかい交じりの佐助の笑顔が眩《まぶ》しく、愛《いと》おしく――凜はふいに心を決めた。

今少し己のことを明かしてしまいたいと――佐助に知って欲しいと思った。

「ううん。嘘やお芝居は花街で学んだの」

「えっ？」

きょとんとしたものの、佐助はすぐさま悟ったようで真顔《まがお》になった。

「お染さんたちに言ったことには嘘が混じっていたけれど、女郎だったことは本当よ。兄が殺された後、家を取り潰されて、それから妹と母が亡くなって……世間知らずだった私は兄の同輩《どうはい》を頼ったの。そいつが兄の仇《かたき》だとも知らずに」

騙され、酔わされ、手込《てご》めにされた挙げ句に、遊女屋・叶屋に売られたこと、叶屋で一年余りを経て要に請け出されたことを、凜は静かに語り、佐助もまた黙ってじっと聞き入った。

要に請け出された後のことは、既に打ち明けてある。

話を終えると、佐助がおずおず問うた。

「今の話……先生や柊太郎はもう知ってるの？」

「いいえ。お稲さんにも話していないわ。できれば、みんなには内緒《ないしょ》にしておいてもらえると嬉しいけれど、難しいかしら？」

「て、てやんでぇ。莫迦にすんな。おれは口が堅《かて》ぇんだ」

むっとするも束の間、佐助は箸を置いて、凜の傍ににじり寄った。

「言わねぇよ。先生にも柊太郎にも――誰にも。約束だ」

真剣な眼差しと共に差し出された小指に、凜もそっと己の小指を絡《から》める。

互いの小指がきゅっと結ばれると、凜は思わず袖を目にやった。

「……ありがとう、佐助さん」

「てやんでぇ」

照れ隠しにそっぽを向いた顔もやはり愛おしく、凜は涙を拭って今ある幸せを嚙み締めた。

九

翌日――

馬喰町は佐助が火事に遭《あ》い、片腕を失った町だ。ゆえに、凜は気を回して一人でつぐのもとへ向かうつもりだったが、佐助はまたしても同行を主張した。

五ツ前に湊屋を発ち、品川宿から馬喰町まで三里ほどの道のりを、一休みを楽しみつつ歩く。昼餉を挟み、九ツ半を過ぎたと思《おぼ》しき時刻に、凜たちは馬喰町の南側に着いた。

つぐの嫁ぎ先は「西屋《にしや》」という一膳飯屋で、馬喰町でも北側の浅草御門《ごもん》に近い四丁目にあると聞いた。

一丁目から旅人宿が連なる通りを歩いて行くと、二町もゆかぬうちに旅籠の表にいた女に呼び止められた。

「ちょっと、そこのあんた！　おとしの子じゃないかい？　おとし駿河屋《するがや》の火事で怪我をした――」

女は駿河屋の仲居《なかい》で、駿河屋は火事の後に人手に渡り、今は小島屋《こじまや》と名を変えていた。

「達者で何よりだよ。あんなことになって大変だったろう。でも、いいお医者先生に恵まれてよかったね」

「うん」

「あんたは結句、栗山先生が引き取ったんだってね。いやはや、あん時は先生にお世話になった人がたくさんいたからねぇ。これからは何かあったら先生のとこに行こうって言ってたのに、先生はあのあと深川に引っ越しちまって残念至極《しごく》さ。大伝馬町《おおでんまちょう》ならまだしも、深川まではちょっと遠いからねぇ……」

「けど、もしも切ったり縫ったりするんなら、ちょいと値は張るけど、先生に頼んだ方が確かだぜ」

「そう聞いてるよ。火事と一緒に、時折先生のことも口に上《のぼ》るのさ。深川でも評判は上々みたいだね。ついこないだも先生の話を聞いたよ。なんでも四谷のお武家が先生の名声を耳にしてさ。先生に往診を頼む前に、あんたを助けたことが本当かどうか確かめに、家来をわざわざうちまで寄越したってんだよ」

「四谷のお武家というと、どちらさまですか？」

酒井《さかい》とその主家《しゅか》の深谷家《ふかやけ》を思い浮かべつつ、凜は問うた。

「お武家の名は聞かなかったねぇ。私は他の者から話を聞いただけだからさ。それより、あんたはこの子の新しいおっかさん――先生のおかみさんかい？」

「違わぁ」と、凜より先に佐助が応える。「この人は先生のお弟子さんだよ」

「お弟子さん？　へえぇ、女のお弟子さんとは珍しいね」

千歳と男女の仲を疑っているのか、女はにやにやしながら今度は凜に問う。

「お弟子さんといっても、本道《ほんどう》か鍼《はり》だろう？　先生は金瘡《きんそう》ばかりか、本道や鍼でも評判だからね」

「今はまだただの助手ですが、まずは本道と本草《ほんぞう》を、いずれは鍼や金瘡の治療もしっかり学ぶつもりです」

「ふうん。人を刺したり、切ったり、縫ったり……女のあんたにほんとにできんのかい？　女じゃいざという時、怖気《おじけ》づいちまうんじゃないかねぇ？」

女の呆れ声が何やら悔しいが、顔に出ぬよう、凜は殊更《ことさら》にっこり笑んだ。

「そうでしょうか？　私ども女の方が、料理や裁縫で常から刃物や針に触れているではありませんか。月のもので血も見慣れておりますから、金瘡治療は存外、女の方が向いているやもしれませんよ」

「そ、そうかねぇ……」

くすりとした佐助と揃《そろ》って会釈《えしゃく》したのち、凜たちは再び歩き出した。

西屋はほどなくして見つかった。

「おつぐさんと、少々内密にお話ししとうございます」

そんな風に切り出したからか、長屋の皆同様、つぐにもしばし怪しまれた。だが、染たちに告げた嘘を繰り返すとつぐは喜んで、いち――花里――への言伝を凜に託した。

帰りは慣れた大川《おおかわ》の東側を帰ることにして、両国広小路でおやつをつまんでから両国橋を渡った。

覚前屋で由太郎に先日の無礼を詫びたのち、豊正で竹輪を手に入れた佐助はご機嫌で、隣りをゆく凜をも笑顔にした。

七ツ過ぎに栗山庵に戻るも、戸口には錠前がかかっている。

「先生はまだお帰りではないようね」

錠前を外して家に入り、汗と汚れを拭うために湯を沸かし始めてまもなく、勝手口から柊太郎がやって来た。

「無事だったか。心配したんだぞ。芝でなんかあったのか？」

四日前に臨時の金蔵番を終えた柊太郎は、昨晩も栗山庵で夕餉を食べるつもりだったようだ。だが、遅くとも八ツには戻るだろうと踏んでいた凜たちが、八ツどころか夜通し帰らなかったものだから、昨晩からずっと案じていたそうである。

「あった、あった。芝でお凜さんが色男に言い寄られてよ。そいつから逃げるために、なんと品川まで行く羽目《はめ》になってよぅ」

「なんだと？」

「佐助さん、法螺《ほら》はほどほどに」

凜がたしなめたところへ、千歳も帰宅した。

「賑《にぎ》やかだな。皆元気で何よりだ」

十

翌朝、凜は千歳と共に再び吉原を訪れた。

風花の傷の治りを確かめ、花里——いち——の弟妹のことを話したのち、千歳は久舟の指を診に、凜は風花といちを見舞いに行った。

「おいち、今日はお凜さんと一緒よ。お凜さんは、おつぐからの言伝を預かって来てくれたのよ」

他の者がいないからか、風花はありんす言葉をやめて、花里を本名で呼んだ。

「おつぐから……?」

「そうよ。お凜さんに健太やおつぐがどうしているか、調べて来てもらったの」

「お雪《ゆき》ったら、またそんな無駄遣いを……もう、いいのに……」

「まったくだわ。おいちがいけないのよ。あなたが気を回して健太やおつぐのことを黙っていたから、私も気を回して余計な真似《まね》をしちゃったじゃない」

風花——本名は雪というらしい——がわざとらしく呆れる横で、凜は手短に馬喰町までつぐに会いに行ったいきさつを話した。

昨日、つぐは凜の嘘を——「姉の友人」で、今でも文をやり取りする仲だと聞いて、染と同じように問い返した。

——では、姉は達者に暮らしているんですね？——

——はい——

——お願いです。姉が今、下総《しもうさ》のどこにいるのか教えてもらえませんか？　姉が元女郎だなんて、もしも変な噂が立ったら私にも嫁ぎ先にも迷惑がかかるだろうからって、姉は身請け先を詳しく教えてくれなかったんです——

つぐからそう聞いて、凜は瞬時に、いちの嘘を悟った。

叶屋にも似たような嘘をついた女郎がいた。瘡毒に侵された醜い姿を、そう遠くないうちに死にゆくことを情夫には知られたくないと、「どこか遠くに身請けされたことにしてくれ」と遣手に頼んだ者が。

「おつぐさんは、おいちさんに会いたがっていました。今すぐは難しくとも、いずれ下総まで会いに行きたいと言っていました」

「それで、おつぐには……」

「おいちさんは達者でいると、身請け先は、おいちさんの許しがないと明かすことはできないとお伝えしました」

「さようで……ありがとうございます」

「おつぐへ文を送ったそうね？」と、風花。

「ええ、睦月《むつき》と……それから文月《ふづき》に……」

文月といえば、楊梅瘡が出始めてまもない頃である。

「年明けに、あの子から文が届いたの……健太が風邪をこじらせて亡くなって、父と母は夜逃げしたって……でも、あの子は長屋のみんなのおかげで、売られる前に逃げ出せたって、これから私が少しでも早く借金を返せるように、お金を貯めるから待っていてって……だから、そんなことはしなくていいと、私も身請けが決まりそうだから案ずるなと、返事を書いたのよ……」

つぐの姑《しゅうとめ》にして西屋の女将《おかみ》は裏長屋の出で、その昔、やはり姉が親の借金のかたに吉原に売られ、年季を終える前に亡くなったそうである。つぐを助けたのもそういった過去からで、姉のために一文二文の心付《こころづけ》を必死に貯めるつぐを見て、女将ばかりか、その息子である若旦那も心を動かされたらしい。そうして三月余り前、つぐは奉公人から「嫁」となり、いちに再び文を送った。

「旦那も姑も身請けに賛成してくれている、だから借金があといかほど残っているのか教えて欲しい――なんて言うもんだから……」

西屋は板前《いたまえ》を含めて奉公人が数人の一膳飯屋だが、なかなか繁盛《はんじょう》していて、そこそこ蓄えがあるらしい。しかしながら、妹の婚家に自分のような「死にかけ」に無駄金《むだがね》を使わせてはならぬと、いちは改めて身請け話をでっち上げた。

——大黒屋から文を受け取りました。祝言《しゅうげん》、おめでとう。実は私もつい先だってめでたく請け出されて、今は下総にいます。旦那さまの都合で急いで江戸を発《た》ったので、お前に会いにゆくことは叶いませんでした。でも、姉が中にいたことは、よそさまには知られない方がよいでしょう。おつぐの嫁入り先に変な噂が立っても困ります。私は下総で達者に暮らしていますから、お前も江戸で、健太の分も達者に暮らしておくれ。旦那さまとお姑さまを大切に——

そのような嘘をしたためた文を、いちは貯めてきた金をはたいて、床に臥《ふ》す前につぐに送っていた。

「おつぐのことはおめでたいけれど、健太のことはつらかったでしょうに……今更この私に隠し事なんてあんまりよ」

風花がむくれる気持ちも判らぬでもないが、凜にはいちの気持ちの方がより判る。

ううん、風花さんも本当は判っている筈——

凜が佐助に遠慮があるように、いちもまた「天涯孤独」の風花に弟妹のことは話しづらかったに違いない。ましてや自分が新たな「身内」を得たことや、たとえ断るつもりでも、妹が身請け話をもちかけてきたことは。

ふっと、いちが微笑んだ。

「隠し事はお互いさまでしょう、お雪。……聞いたわよ。彰吾さんが請け出してくださるんでしょう？　それも、妾《めかけ》じゃなくて妻として……だからって、少しばかり無駄遣いしてもいいなんて、考えちゃ駄目よ。もういいのよ……あなたはもう充分尽くしてくれた……」

「まだよ」と、風花は頭《かぶり》を振った。「約束したじゃない。どちらかがこの部屋にくることになったら、もう一人が最期まで看取《みと》るって――指切したじゃない。彰吾さんは今、私たちのために家を探してくれているのよ」

「私たちの？」

「そうよ、おいち。私たち一緒にここを出てゆくの」

「何を莫迦なことを――ううん、私がおかしくなったのね。とうとう毒が、頭に回って……」

「莫迦なことは言っていないし、あなたがおかしくなったのでもないわ。私、彰吾さんに言ったのよ。おいちとの約束を果たすまでは、あなたのもとへは参りません、って。あの人、私にぞっこんだから――私にだって身内ができるんだから、おいちもなんの遠慮もいらないわ。ここを出たら、おつぐを呼びましょう」

「私は……」

「おつぐと顔を合わせたくないなら、それでもいいわ。声を聞くだけでも――おしゃべりだけでもいいじゃない。それも嫌なら、無理強いしないから安心してちょうだい。でも私は一緒にいるからね……最期まで一緒にいようよ……いさせてよ、おいち……」

唇を噛み、涙をこらえる風花を見て、凜はそっと腰を上げた。

「私は先にお暇《いとま》しますね。どうぞごゆっくり――」

十一

風花こと雪が、つぐと共に栗山庵を訪れたのは、二十日余りを経た霜月《しもつき》六日の昼下がりだった。

雪は十日前に彰吾に請け出されたが、花里こといちは結句、その四日前――神無《かんな》月《づき》二十二日にあの部屋で死したそうである。

「夜明け前、七ツの鐘でなんとはなしに目が覚めて……何やら胸騒ぎがして様子を見に行ったら、もう冷たくなっておりました」

声を震わせて、雪は手ぬぐいを握《にぎ》りしめた。

「前の日に――見世が始まる前に、先生が置いて行ってくだすったお薬を舐《な》めたおいちと、ひとときおしゃべりをしました」

千歳が渡した「薬」は伊賀者の兵糧《ひょうろう》の一種で、餅米《もちごめ》と粳米《うるちまい》に蓮肉《れんにく》や山芋、薏苡《よくい》仁《にん》、人参、桂皮、氷砂糖などを混ぜて丸薬のごとく丸め、蒸した物だ。氷砂糖が入っているため疲労を和《やわ》らげ、しばしだが腹も満たされる。

「もう少しで鉄漿どぶの外に出られると……そしたら日がな一日、本や詩歌《しいか》を読んだり、昼寝をしたりして、二人でのんびり過ごそうと話していたのに、結句、一人で死なせてしまいました……」

「そんなことはありませんよ」

思わず凜は口を挟んだ。

「今際《いまわ》の際《きわ》も、おいちさんのお心にはお雪さんがいらした筈です。私はそう信じております」

「私もそう信じています」と、つぐも頷き、雪と共に手ぬぐいを目にやった。「お雪さんこそがずっと、姉のよりどころだったのですから」

「おいちも私のよりどころでした。中に売られた時からずっと……親も家も失くして、まるきり一人になったとこぼした私に、おいちが私の『身内』に、『家』になってくれるって言ったんです」

源氏名の「風花」は、本名の雪にちなんでつけた。

――それなら私は「花里」にする。花の里――私が風花の、あなたの新しい身内とおうちになったげる――

雪は下総国佐倉《さくら》藩の、鰻屋《うなぎや》の一人娘として生まれたそうである。さほど不自由なく育ったが、二親が相次いで病に死したのち、暮らしが一変した。店を継いだ叔母《おば》夫婦がどちらもろくでなしで、店はあっという間に落ちぶれ、雪は借金のかたに吉原に売られたのだ。いちがつぐへ宛てた文で「下総」にいることとしたのも、雪の故郷が念頭にあったからだろう。

いちはつぐとの再会を迷っていた。会いたいという気持ちはあれど、瘡毒に侵された身をつぐに見せたくなかったようである。ゆえに雪は、彰吾を通じて、いちの亡骸《なきがら》を回向院に頼み、葬儀を済ませてから、自らつぐに知らせに行った。

「死んだ後なら知られてもいいって、おいちは言っていたんです。自分がおつぐなら、やっぱり本当のことが知りたいだろうからって……」

ただし供養《くよう》はいちが生前口にしていた、吉原遊女の投げ込み寺として名が知れている浄閑寺《じようかんじ》ではなく、つぐの住まいがある馬喰町から近い回向院にした。

「おいちは、私とおつぐで供養して参ります」

つぐと見交わして、雪は続けた。

「お凜さんは、むつきを替えて、身体を拭いてくだすったそうですね」

「ええ、まあ」

初めていちに会った日のことである。早々に見立てを終えた千歳には外でしばし待ってもらい、凜は湯をもらって来て、いちの身体を拭い、汚れていたむつきを取り替えた。それが元女郎として、また、今はまだ、ただの医者の弟子に過ぎぬ己にできる、せめてものことだと思ったからだ。

「ありがとうございました」

「お礼を言われるようなことではありません。あれくらいしか、私にはできることがなかったのです」

「だとしても、私もおいちも嬉しゅうございました」

行きは浅草から来た雪が馬喰町でつぐと落ち合い、大川の西側から永代橋を渡って来たが、戻りは大川の東側から回向院に寄って帰るという。

二人を見送るべく、凜は佐助と共に表へ出た。

「お雪さん、彰吾さんとお仕合《しあ》わせに。おつぐさんも旦那さまとお仕合わせに」

往診を頼みに来た時といい、いちまで請け出そうとしたことといい、雪が言う通り彰吾は雪に「ぞっこん」だと思われる。

「ありがとうございます。お凜さんも栗山先生と末永くお仕合わせに」

「えっ？　ああ、私はただの弟子ですよ」

「あら、私はてっきり……おいちともそうじゃないかって……」

千歳と男女の仲を勘繰《かんぐ》られることはままあるが、雪やいちは女郎ゆえに、己が女郎だったことを見破ったのやもしれないと、凜は内心うろたえた。

「お凜さんと先生はそんなんじゃないからな。お凜さんはただの弟子――いや、二番弟子だ。おれが一番弟子だから」

きっと雪を睨《にら》んだ佐助はどうやら、凜を庇《かば》おうと――「秘密」を隠そうと――しているようだ。

雪がすぐさま頭を下げた。

「とんだ思い違いをして、どうもごめんなさい。先生のおかげで傷も綺麗《きれい》に塞《ふさ》がりました。また何かあったら――もう何もないよう祈っていますが――先生にお願いに参ります」

もしや、先生にももう見破られているのでは――？

中へ戻って窺うように見やると千歳が振り向いたので、凜は慌てて取り繕った。

「兵糧丸が役立ったようでよかったです。束の間でも、おいちさんが力を得られたのなら……」

「そうだな。痛み止めと兵糧丸と――大したことはできなかったな。いつか、瘡毒の毒消しでも見つけられればよいのだが……」

瘡毒は今のところ、治療が叶わぬ不治の病だ。

医術に専心してきた先生だもの。きっと、私とは比べものにならない無念を抱いていらっしゃることだろう――

ふと、痛み止めや食べ物の手配、清拭《せいしき》やむつきの交換の他に、今一つ「できること」があったと凜ははっとした。

「……おいちさんは、毒を望んでいましたね？」

「うむ」と、頷いた千歳はいつも通り穏やかだ。

「おいちさんは、もしや、毒を含んだのではないでしょうか？」

もしもそうなら、毒は千歳から遣手へ、遣手からいちへ渡されたのではないかとも思い巡らせる。

「うむ。その見込みはなくもないな」

再び頷いた千歳の目にはやるせなさが滲《にじ》んでいる。

「私は医者ゆえ、死を望まれると悔しいが、死を望む気持ちは判らんでもない。殊に、おいちさんのような者ならば」

凜にも判らなくもない。

己がいちならば、やはり毒を――死を望んだだろう。

いちは前日まで話すことができたようだが、瘡毒で寝たきりの者とは、妄想や妄言、錯乱《さくらん》などで対話が困難なことが多い。

絶えぬ疼痛《とうつう》、耳鳴り、痙攣《けいれん》、顔や身体の腫脹《しゅちょう》や潰瘍《かいよう》、腐爛《ふらん》……そのまま遅かれ早かれ死に至るなら、人様に、殊に愛する者たちに醜態《しゅうたい》をさらすことなく、無駄な時や金を使わせる前に、速やかにあの世に逝《い》きたいと望むだろう。

だが、己の命を絶つことと、人の命を絶つことは別物だ。

己は以前、仇《かたき》の山口《やまぐち》を討つべく、毒を携《たずさ》えて千歳の往診について行った。結句そうせぬ道を選んだが、あの時己が与えようとしていた死は「罰」であり、「救い」ではなかった。

けれども、もしも「救い」だとして――私は患者に毒を渡せるだろうか？

いいえ、毒とは限らない。

患者に死を望まれた時、私は患者を「救う」べく、その者の命を絶つことができるだろうか？

あのあと、医者を目指すと決めた凛に千歳は言った。

――医者は生かすのみならず……時には救いたくとも救えずに、殺してしまうこともある――

あの言葉には、こういった事態も含まれていたのだろうか――？

「……先生ならどうなさいますか？　もしも、おいちさんのように寝たきりとなったら死を望まれますか？　もしも死が患者の救いとなるなら――患者がそう望むなら――毒を差し上げますか？」

「どちらの問いにも今はなんとも言えんな。時と場合によるとしか……あのような瘡毒の末期なら私も十中八九、死を望むだろうが、いざその時になれば、ひとときでも長く足掻《あが》こうと――生きたいと思うやもしれん」

千歳の言葉に、佐助もじっと聞き入っている。

「死しか救いがないなら私はその手配もやぶさかではないが、此度はそうしなくてよかったと思っている。あのあと互いに隠し事を明かせたことは、おいちさんにもお雪さんにも救いになったのではないかと思うのだ。ただ、私たちが手を下さずとも、本当に死にたい者は止められんよ。少なくとも今の医術では……」

つぶやきのごとく千歳が締めくくった矢先、「ごめんください」と、表から男の声がかかった。

十二

その声には覚えがあった。

四谷の酒井という武士のものである。

「おそらく酒井さまです。前に佐助さんを訪ねていらした」

凜が囁くと、千歳が自ら戸口へ向かった。

千歳が引き戸を開くと、その背中越しに酒井の声が再び聞こえる。

「栗山先生ですか？」

「そうです。私が栗山です」

「私は酒井小五郎《こごろう》と申します。長月《ながつき》に一度、こちらへお伺いしました」

「弟子から話を聞いております。うちの佐助が、酒井さんの知人の息子に似ているそうですね」

「ええ。残念ながら佐助さんは他人の空似《そらに》でしたが、何やら並ならぬご縁があるように思いましてね。お凜さんから先生は本道にも精通していると聞いた他、ご近所や馬喰町でも先生のご高名《こうめい》をお聞きしまして、是非《ぜひ》とも往診を頼みたいと思って参りました」

馬喰町を訪れた武士は、やはり酒井だったようである。

凜を見やった佐助が手桶をつかんだ。声には出さぬが「水を汲んで来る」と口を動かして、凜が応える前に勝手口からそっと出て行く。

「往診ですか。では、中へどうぞ」

酒井は今日も袴姿で腰に二刀を差している。千歳が上がりかまち代わりの広縁にいざなうと、酒井は大刀を外しつつ診察部屋と凜を見やった。

「佐助さんは、今日はお出かけですか？」

「水を汲みに出ただけですので、すぐに戻ります」

「よかった。往診が目当てではありますが、佐助さんにも会いたいと思って来たのでね。というのも、同輩に、佐助さんが知人の息子に似ていることを話したところ、本当に息子にそっくりならば、知人は一目会ってみたいと思うのではないか、だが他人の空似なんて結句大して似てはいないものだ、などと言うので、知人に話す前に、今一目確かめたいのです」

広縁に腰かけると、酒井は改めて千歳に往診を頼んだ。

「怪我ではありません。他の医者には脚気《かっけ》だと言われたのですが、どうもそれだけではなさそうでして……」

患者は食欲がなく、常に疲労している。足元がおぼつかなく、手にもしびれがあると訴えている――と聞いて、凛も脚気を疑った。

「ですが、脚気によいといわれている味噌や大豆、落花生《らっかせい》、鰹節《かつおぶし》などを取るようにしても一向によくならぬばかりか、少しずつ悪くなっているのです」

「ふむ」

「それから、診ていただきたいのは年頃の女子《おなご》ですので、お凛さんを助手《すけて》としてお連れしてもらえませんか？」

女の弟子がいることも、わざわざ千歳に頼みに来た理由の一つらしい。

「それは構いませんが、私は見立てに二百文。往診代と治療代は別にいただいております。それでもよろしければ、詳しいお話をお聞かせください」

「治療代は見立て次第かと思いますが、往診代はいかほどになりましょう？」

「酒井さんは四谷にお住まいでしたな？　患者も四谷に？」

「あ、いいえ、患者は目黒《めぐろ》に」

「目黒？」

「はい」

「目黒となると、往診代に三分はいただきたいが」

「三分ですか……目黒までだと一日がかりになりますから、致し方ないとは存じますが……」

顎《あご》に手をやりつつ、酒井は勝手口の方を窺った。

「佐助さん、戻って来ませんね」

「そうですね」と、凜も小首をかしげた。「ちょっと見て参ります」

勝手口から出て凜は井戸へ向かったが、井戸端には手桶しか見当たらぬ。

柊太郎さんのところかしら？

柊太郎は今日は道場で師範代を務めていて、七ツ過ぎまで戻らぬ筈だが、なんらかの理由で早くに帰宅したのやもしれない。

だが柊太郎の九尺二間《くしゃくにけん》の戸口は閉まったままで、人気《ひとけ》はなかった。

ひとまず栗山庵へ戻って凜は告げた。

「どうも、どこかへ出かけてしまったようです」

「どこかへ、と言いますと？」

「判りません。手桶は井戸端に置いてありましたが……」

「厠《かわや》では？」

「うちは内後架《うちこうか》ですから、佐助さんが長屋の厠を使うことはありません」

微《かす》かに眉根を寄せて、酒井はしばし考え込んだ。

「……子供は時に、突拍子もないことをしでかしますからね。ご縁があると思って参りましたが、佐助さんには振られてばかりですな」

広縁から立ち上がり、酒井は大刀を腰に差し直す。

「見立てに二百文、往診に三分となると、治療代を含めて一両はかかると思われますので、一度持ち帰って主《あるじ》に相談して参ります。お邪魔いたしました」

一礼して酒井が帰ると、凜は千歳と顔を見合わせた。

千歳のことを調べたならば、高めの薬礼も承知の上で訪れた筈だ。往診代の三分も、目黒までなら法外とはいえぬ。

肩をすくめて千歳が言った。

「まあ、火急《かきゅう》の患者ではないようだからな。それにしても、佐助は一体どこへ行ったのやら……」

凜たちは改めて長屋と近所を回って佐助を探したが、佐助を見かけた者さえ見つからなかった。

話を聞きつけて、大家の治兵衛と長屋の者が長竿《ながざお》で井戸を探った。井戸の向かいに住む治兵衛は昼からずっと家にいて、それらしき物音は聞かなかったそうだが念には念を入れてのことである。

竿にはなんの手応えもなく、皆でひとまず安堵する。

だが、日が暮れても佐助は帰らなかった。

第三話　神隠し

すわ神隠しかと、帰らぬ佐助《さすけ》を近所の者たちも案じた。

柊太郎《しゅうたろう》も戻らぬことから、五ツになる前に千歳《ちとせ》が佐々木《ささき》道場まで赴《おもむ》いた。さてはなんらかの理由から、二人して道場にいるのではないかと見込んでのことである。

しかしながら、道場主の佐々木曰《いわ》く、佐助の姿は見ておらず、柊太郎は急遽金蔵番《きゅうきょかねぐらばん》を頼まれて、稽古《けいこ》の後、そのまま神田《かんだ》に向かったそうである。

まんじりともせずに過ごした翌朝、凜《りん》と千歳は早めに朝餉《あさげ》を済ませた。

まずは共に表茅場町《おもてかやばちょう》の結城屋《ゆうきや》へ、結城屋で見つからぬようなら、凜は浅草《あさくさ》の伊勢屋《いせや》へ、千歳は四谷《よつや》の深谷家《ふかやけ》を探りに行こうと決めた。

というのも、佐助は酒井《さかい》の声を聞いて、こっそり逃げ出したのではないかと、千歳は推察していた。

――私が聞いたところでは、佐助はあいつ自身もどこから逃げて来たのかよく知らぬようだった。信濃《しなの》から江戸に連れて来られてすぐに、とある屋敷に閉じ込められていたそうでな。だが、その屋敷は「お不動《ふどう》さん」の近くにあるらしい――と言うのである。

昨日、酒井が頼もうとした往診先は目黒《めぐろ》で、目黒には江戸の三不動の一つの目黒不動がある。

目黒は品川宿《しながわしゅく》に近いため、佐助がいた「屋敷」は品川宿の妓楼《ぎろう》ではないかとも凜たちは一度は考えた。だが、佐助は清衛《きよえ》に会いに行く時も同行したがり、先だって品川宿を訪ねた折にもなんの葛藤《かっとう》も見られなかったことから、「屋敷」は品川宿にはなさそうだと思い直した。

武鑑《ぶかん》によると四谷には確かに酒井の主家《しゅか》と思《おぼ》しき深谷家があったが、家臣は家老《かろう》や用人《ようにん》など主な者の名しか記されていないため、酒井の名は見当たらなかった。

酒井が佐助の追手《おって》かどうかは判じ難《がた》い。凜はもちろん、「人を見る目には長《た》けている」という千歳にも、酒井は悪人には見えなかったという。ただし、酒井が佐助に並ならぬ関心を寄せていたことは確かで、結句《けく》往診を頼まずに帰ったことは、佐助がいなくなったことにかかわりがあるように今なら思える。

「佐助が帰って来た時のために、置文《おきぶみ》をしておこう」

「もう本当に、黙っていなくなるなんて……」

昨日から幾度となく繰り返した言葉が、また口をついて出た。

たとえ酒井が追手だとしても、しばし身を隠したのちに、凜たちに助けを求めれば済んだ話である。もしやあのあと酒井に捕まったのではないか、はたまた別の人《ひと》攫《さら》いかと、芝《しば》で攫われた加代《かよ》が思い出されて凜は気が気ではない。

もしも佐助が自分で逃げ出したなら、身を寄せられる場所は限られている。佐々木道場でないのなら、おそらく結城屋か伊勢屋——蓮《れん》か稲《いね》のもとだろう。

外出が無駄骨《むだぼね》になってもよいから、佐助がいち早く帰って来てくれるよう祈りながら、凜は置文を書く千歳を見守った。

置文を広縁《ひろえん》の目立つところへ置くと、凜は勝手口を心張《しんば》り棒《ぼう》で閉じた。と、足音と共に、木戸の方から柊太郎の声が聞こえた。

「先生！　俺だ！　柊太郎だ！」

急ぎ心張り棒を外すと、血まみれの柊太郎が飛び込んで来た。

二

「柊太郎さん！」

「おはようさん。先生、朝っぱらからすまねぇが、往診を頼みてぇ」

「お前の手当てが先だ。どこを怪我《けが》した？」

「ああ、この血は俺んじゃねぇ」

昨晩、金蔵番を務めた柊太郎は、明け六ツに御役御免《おやくごめん》となったが、帰り道の小網《こあみ》町《ちょう》で、金蔵番仲間の謙之介《けんのすけ》と怪しげな駕籠《かご》を見かけたという。

「四手《よつで》駕籠だが窓がなくてよ。駕籠舁《か》きの他、二人の伴《とも》がついていて、一人は剣士だったのさ。なんだか仰々《ぎょうぎょう》しいが、どこぞの殿かお大尽《だいじん》のお忍びかと思ってよ。だが、通りすがりに泣き声だかうめき声だかが聞こえてよ……ふと、お凜さんたちが品川で人攫いをとっ捕まえたことを思い出したのさ」

とっさに柊太郎は駕籠を呼び止めた。

――ちょいとお待ちくだせぇ――

――何用だ？――と、二人の伴の内、丸腰の方が問うた。

――なんだか苦しげな声が聞こえたもんで……もしも具合が悪いようなら、深川《ふかがわ》に江戸一の名医がおりやす――

――余計《よけい》なお世話だ――

男が鼻を鳴らした矢先、再びうめき声が聞こえて駕籠が大きく弾《はず》んだ。駕籠舁きがよろめき、後棒《あとぼう》が担《かつ》ぎ棒を取り落としそうになって、簾《すだれ》が少しだけ翻《ひるがえ》った。

そのほんの刹那《せつな》に、柊太郎は猿轡《さるぐつわ》をした女を駕籠の中に見て取った。

駕籠を担ぎ直そうとした駕籠舁きを柊太郎が止めると、反対側にいた剣士が抜刀《ばっとう》した。謙之介がやはり抜刀して剣士と斬《き》り合う間に、柊太郎も刀を抜いて、駕籠舁きと伴を一人ずつ峰《みね》打ちにしたそうである。

「こっちは謙之介が斬られてよ。剣士ともう一人の駕籠舁きは逃しちまった」

駕籠の中にいた女は縄で縛《しば》られており、逃げ出せぬように縄は背もたれにくくられていた。柊太郎は女の縄を解《と》き、その縄で峰打ちにした二人を縛り上げつつ通りすがりの者に番人を呼ぶよう頼み、謙之介を番屋《ばんや》に運んだ。

「切っ先がかすっただけだから、そう深くはねぇんだが、胸から腹にかけて四寸は切れてる。腕と腿《もも》も少し……」

凜たちが往診箱を支度《したく》する間に柊太郎も着替えて来て、三人揃《そろ》って栗山庵《くりやまあん》を出た。

小網町なら、結城屋がある表茅場町からそう遠くない。

道中で佐助が行方《ゆくえ》知れずになったことを話すと、柊太郎が言った。

「そんなら、俺が結城屋に先に行って確かめて来る。先生とお凜さんは小網町へ向かってくれ。謙之介は一丁目の番屋にいっからよ」

番屋に着くと、まずは一番大きな傷を診《み》る。袈裟懸《けさが》けを飛びしさってよけたそうで、柊太郎が言った通り、深さは一分《ぶ》ほどだが、四寸余りと長く、二十数針縫った。膏薬《こうやく》を塗《ぬ》り、傷にさらしを巻いているところへ、早くも柊太郎が蓮を伴ってやって来た。

「残念ながら、佐助さんはうちには来ていないわ」と、蓮。

「そうか」と、短く応《こた》えて千歳は凜を見た。「すまんが後を頼む」

さらしを凛に任せて、千歳は蓮と表へ出て行く。

ほどなくして、千歳が一人で戻って来て言った。

「伊勢屋にはお蓮が向かった。のちほどうちに寄ってくれるそうだから、お凛さんは治療が終わったら家に戻ってくれ。私は四谷へ向かう。ああその前に、腕と腿の縫合《ほうごう》を頼む」

「えっ？」

謙之介と凛の声が重なった。

「私はちと急ぎの用があるので、残りの縫合は弟子に任せることにするよ」

「そんな――」

「案ずることはない。私より少々時はかかるが、腕は悪くないゆえ」

「し、しかし」

「その代わりといってはなんだが、往診代と抜糸を含めて二分はいただくところを二朱《しゅ》でどうだね？」

「うっ……まあ、それなら……」

「よし。お凛さん、後は頼んだぞ」

「承知しました」

患者や番人、柊太郎の手前、毅然《きぜん》として頷《うなず》いたものの、人を縫うのはほんの二度目だ。

「柊太郎さん、すみませんが手を貸してください」

「よしきた。任せとけ」

腿の傷を先に縫うことにして、柊太郎に傷を押さえてもらう。

針に新たな糸を通して持針器《じしんき》でつまむも、緊張から手が震えそうになる。

「そんな顔すんなよ」

柊太郎の声に、思わず傷口から目を離して顔を上げた。

謙之介も緊張の面持《おもも》ちで、柊太郎の言葉は謙之介にかけられたようだ。だが柊太郎は凜をちらりと見やり、再び謙之介へ向き直ると、にかっと笑った。

「案ずるなって、栗山先生も言ってたろう。お凜さんは料理もうまいが、裁縫も大得意だ。ほら、この着物だってお凜さんが繕《つくろ》ってくれたんだぜ」

「ば、莫迦野郎《ばかやろう》。着物と俺を一緒にするな」

「同じ外科医なら、裁縫もうまいに越したこたねぇだろう。さ、お凜さん、遠慮はいらねぇ。こいつはこう見えて、そこそこの剣術遣いだ。金瘡《きんそう》にも慣れてらぁ」

「そこそことはなんだ。そりゃあ、お前に比べれば――」

「そこそこでも腕が立つから死なずに済んだんだ。あの野郎は相当な手練《てだ》れだ。そこらのやつなら、あの袈裟懸けでとっくに御陀仏《おだぶつ》さ。こんくれぇの怪我で済んでよかったさ」

「うむ……」

二人のかけ合いを聞きながら、凜は初めの一針を通した。

柊太郎が「裁縫」を口にしたことで、馬喰町《ばくろちょう》で出会った女を思い出し、負けん気が怖気《おじけ》を押しやった。

腿の傷も腕の傷も四、五針で済む。どちらも先ほどの、二十針余りを縫った千歳と同じくらい時がかかったが、千歳を縫合した時よりは速かったように思う。

「ほれみろ。うまいもんだろう？」

「うん、縫い目も綺麗《きれい》だな」

「そうだろう、そうだろう」

得意げな柊太郎が面映《おもはゆ》い。

謙之介へ塗った膏薬を仕舞《しま》う前に、凜は柊太郎に声をかけた。

「柊太郎さんにも、膏薬を塗っておきましょう」

縫合している時に気付いたのだが、柊太郎の腕にも擦《す》り傷があった。

「うん？　ああ、俺は平気だよ」

「ついでですから」

有無《うむ》を言わさず取った手は、佐助のそれとは大違いで、大きく硬《かた》い。

柊太郎は同い年だが、童顔ゆえに凜より幾分若く見える。だが免許皆伝《めんきょかいでん》のすご腕だけに身体は鍛《きた》えられていて、背丈はほぼ同じでも、目方は二貫は違うと思われる。

滲《にじ》んだ血はもうすっかり乾いていたが、凜は阿刺吉酒《あらきしゅ》でそっと拭《ふ》き取り、膏薬を塗った。

「ちっ、でれでれしやがって」

からかう謙之介へ、柊太郎がにんまりとする。

「思わぬ役得だ。礼を言うぜ、謙之介」

「けっ」

謙之介は佐々木道場の門人ではないが、住まいは深川の中島町《なかじまちょう》にあるという。見たところ凜たちより二、三歳年上だが、二人は時折「仕事」を共にするそうで、仲が良いようだ。

謙之介を送って帰るという柊太郎を置いて、凜は一足先に家路に就いた。

三

栗山庵まで戻ったものの、表戸の錠前はそのままで、凜は肩を落とした。

往診で使った道具や薬草の手入れをして過ごすこと一刻ほどで柊太郎が、次いでひとときとおかずに蓮が首を振りつつ現れた。

「伊勢屋にもいなかったわ」

「そうでしたか」

「追い打ちをかけるようで悪いのだけれど、実は卯月《うづき》に入ってから、市中ではいつもより『神隠し』が増えているのよ。お稲さんからも嫌な話を聞いたわ。つい先月、品川でも幼子《おさなご》を攫った一味がいて、柊太郎さんが捕まえた一味と同じく、駕籠舁きがぐるだったそうよ」

「うん？　そりゃお凜さんと佐助が捕まえたやつらじゃねぇか？」

あらましを聞いてみると、同じ事件だった。

凜たちは事の始末《しまつ》を知らなかったが、加代を攫った江《こう》と駕籠舁きの慎吾《しんご》は、取り調べの末にやはり仲間だったと判明していた。三人が品川宿にしばし留まっていたのは、別の仲間からつなぎを待っていたからだった。

「では、初めから子供を攫うつもりで……幼い娘を風邪《かぜ》で亡くしたというのも嘘だったのですね？」

「ええ。同情を引いて、罪を軽くしてもらおうという腹積もりだったみたい。でも、赤子《あかご》や幼子を所望する『客』の多くは子供に恵まれない裕福な家だから、子供をほったらかしにするような親のもとよりも、子供たちは仕合《しわ》わせに暮らせるとも、その女はのたまっていたそうよ」

加代の親は違うが、子供を愛せずに捨て置いたり、邪険《じゃけん》にしたりする者は少なからずいる。江がそういった親のもとに生まれ育ったならば同情を覚えぬでもないが、犯した罪は覆《くつがえ》せない。加代の前にも、一味は何度も人攫いを働いていたという。

「品川の一味といい、今朝《けさ》の一味といい、他にも似たような人攫いがいるやもしれないわ」

柊太郎と謙之介が助けた女は、十六歳の娘だった。住まいは小伝馬町《こでんまちょう》だが、本《ほん》石町《ごくちょう》の菓子屋に通いで勤めているそうである。

「毎朝、ほぼ同じ時刻に同じ道を通っていたってっから、やつらは目星をつけていたんだろうな。なんでも、『落とし物』だと声をかけられて足を止めたら、あっという間に口を塞《ふさ》がれて、小柄《こづか》を突きつけられたそうだ。騒ぐと喉《のど》を掻《か》っ切ると脅《おど》されてよ……でもって、すぐさま横につけた駕籠の中に放り込まれて、二人がかりであれよあれよという間にふん縛《じば》られちまったんだとさ。あまりにも手際《てぎわ》がいいから、他にも攫った者がいるに違《ちげ》ぇねぇと、番太郎《ばんたろう》も岡《おか》っ引《び》きも怒り心頭だった」

柊太郎たちが捕らえた二人は、のちに大番屋《おおばんや》に連れて行かれて、吟味方与力《ぎんみかたよりき》の取り調べを受ける。さすれば、一味の過去の拐《かどわ》かしも明るみに出ることだろう。

「けどよ、品川や今朝のやつらのように、駕籠を使えば神隠しのごとき拐かしができるとしても、佐助はどうかなぁ？」

「そうね……」と、凜も相槌《あいづち》を打つ。

佐助は凜たちにはかけがえのない「身内」だが、傍目《はため》には片腕の男児ゆえに、赤子や年頃の女ほど攫われる理由がないように思われる。

「判《わか》らないわよ」と、蓮。「世の中には、私たちが思いも寄らない物好きがいるんだから……ただ、佐助さんの昨日《きのう》の水汲みは日課でもなんでもないのだから、人攫い一味が狙って攫えたとは思えないわ」

「となると、やっぱり酒井って野郎が怪しいが、いくら二本差しだからって、佐助を人知れず攫うことはできねぇような……？」

「そうね」と、此度《こたび》は蓮も頷《うなず》いた。「深谷家や酒井という男のことは、伊勢屋でも探ってくれるそうよ。私はこれから数日、大きな取引が続くから、日中はあまり店を空けられないけれど、夜討《ようち》でも仕掛けるようなら助太刀《すけだち》すると、千歳には伝えてあるわ」

「ほんに、かたじけのうございます」

「よしてちょうだい。兎《と》にも角《かく》にも、早く見つかるように祈っているわ」

それだけ言うと、蓮は慌《あわ》ただしく結城屋へ帰って行った。

昼九ツまでまだしばしあろうという時刻だが、夜通し金蔵番をした柊太郎には疲れが見える。

「何かあったら知らせますから、お休みになってください」

「お凛さんこそ、ちょいと横になったらどうだい？　昨晩はろくに寝てねぇんだろう？　ああその前に何か食った方がいいな。俺も腹が減った。蕎麦《そば》でも食いに行こうか？　馳走《ちそう》すっからよ」

「おむすびでもよければ、ここで……佐助さんが帰って来るやもしれませんから」

「うん、俺ぁなんでもいいぜ」

朝に炊《た》いた米に梅干しを入れて、握り飯を支度する。

折敷《おしき》を挟んで広縁に並んで座ると、柊太郎が苦笑を浮かべた。

「こんな時こそ、しっかり食って、寝といた方がいいぜ」

「そうですね。判ってはいるのですけれど……」

食欲は今一つだが、食わず眠らずが身体《からだ》に障《さわ》ることは医者の弟子でなくとも、皆知っている。

いざという時にも役に立てない——

蓮の「夜討ち」という言葉を思い出しながら、凛は握り飯を腹に収めた。

昼餉《ひるげ》を終えると、柊太郎は早々に腰を上げた。

「ほんじゃあ、俺ぁ、ちと出かけて来る」

「えっ？」

「先生ほどのつてはねぇが、岡っ引きや下《した》っ引《ぴ》きなら二三、知ってんだ。町の者にも、怪しい駕籠や大八車《だいはちぐるま》なんかを見なかったか訊《たず》ねてみるさ」

人攫い一味だろうが酒井だろうが、佐助を見かけた者がいない以上、駕籠や大八車などで連れ去られた見込みは充分あった。

「それなら、私も」

「いや、お凜さんはまずは休んでくれよ。つなぎ役も必要だ。みんなには、何かあったらここに知らせるよう伝えっからよ。先生も——お稲さんや、お蓮さん、佐助だってきっとそうするぜ」

「……判りました」

柊太郎を見送ったのち、凜は大人しく横になって目を閉じた。

だが、四半刻《しはんとき》と経たぬうちに表戸を叩《たた》く音に起こされた。

「栗山先生！　いらっしゃいますか？　お願いです！　来てください！」

戸を開くと、三十路《みそじ》前後の職人と思《おぼ》しき男が息を整えながら問う。

「栗山先生は？」

「お留守です」

「そうですか。残念です。看板は出ていないが、もしやと思って——」

「どうされましたか？　差し込みや引攣《ひきつり》などなら、山本町《やまもとちょう》に静州《せいしゅう》さんという本道《ほんどう》のお医者さまがいらっしゃいます」

「その静州先生に頼まれて来たんです」

永代寺門前町《えいたいじもんぜんちょう》で瓦屋《かわらや》が屋根から落ちて、足を骨折《こっせつ》したという。静州が呼ばれたが、骨が見えるほどの大怪我ゆえに、千歳に助太刀を頼みに来たそうである。

「さようで……お力になれず、すみません。ああでも、痛み止めが入り用なら」

「薬は間に合っているそうです。――では、ごめん」

凜を遮《さえぎ》って、男はさっさと踵《きびす》を返した。

己《おのれ》も何かの助けになれぬものかと束の間思い巡らすも、骨折の治療はほんの幾度かしか見たことがなく、どれも骨が見えるほどの大怪我ではなかった。また、骨接《ほねつぎ》の練習はまだしたことがない。謙之介の縫合も、小傷だったからなんとかなったが、今の己に――殊《こと》に一人では――できることは限られている。

悔《くや》しさを嚙み締めつつ再び横になるも、何やら夢見が悪く、八ツの鐘で起きた凜は七ツ過ぎまで縫合の練習をして過ごした。

今はつなぎとして留守居が己の役目だと判っているが、それは取りも直さず、己が無力だからだろう。

じりじりしながら夕餉《ゆうげ》のために蓮根《れんこん》の煮物を作ったが、がらんとした栗山庵に一人でいると、津《つ》で要《かなめ》を待っていた日々が思い出されて胸苦しくなる。

行方《ゆくえ》知れずになった要を諦《あきら》めるまでに一年余りかかった。津を出て江戸を目指した時には一人での仇討《かたきう》ちを、なんなら相討《あいう》ちや死罪も覚悟していた筈《はず》なのに、今また一人に寂しさを覚えるようになった。

ここへ来て、まだ半年余りだというのに──

佐助の除《の》け者《もの》にされたと拗《す》ねた顔や、好物の竹輪《ちくわ》やおやきを食べる時の笑顔、秘密を守ると指切した時の真顔《まがお》が次々思い出されて、凜は思わず袖を目にやった。

と、勝手口の向こうから、柊太郎の声がした。

「お凜さん、ただいま」

慌てて今一度目元を拭って、凜は振り向いた。

「お帰りなさいませ」

「まだ帰ってねぇみてぇだな」

「ええ、まだ……先生やお稲さんからも、何も……」

「そうか。こっちも今のところ、なんの収穫もねぇ」

言いにくそうに目を落とした柊太郎の腹が鳴った。

「……夕餉も一緒にいかがですか？」

「いいのかい？」

「もちろんです。大福帳《だいふくちょう》にも残しませんから、ご安心ください」

「後で佐助に怒られるんじゃねぇか？」

「佐助さんを探すのに骨を折ってくれたのですから、つべこべ言わせません」

「ははは、なら、お言葉に甘えて馳走になるさ」

柊太郎の笑顔にしばしくつろいだものの、結句、佐助ばかりか千歳も戻らぬうちに夜を迎えた。

夕餉ののち、再び一人となった凜は早々に床《とこ》に就いたが、浅い眠りの中、微《かす》かな物音にも目を覚ましては辺《あた》りを窺《うかが》った。

佐助さん、どこへ行っちゃったの？

どうか無事でいて——

そうして迎えた翌朝の五ツ過ぎ、伊勢屋の稲が現れた。

四

「佐助はまだ戻っていないようだね」

「ええ、まだ行方知れずのままです。先生も昨晩は出かけたきりで……」

「そうかい。そんなら千歳ももう知っているやもしれないが、深谷家には目黒に密かに有する別宅があることが判ったんでね。知らせに来たんだよ」

「目黒に……」

別宅があること自体には驚きはなかった。むしろこのことは、酒井の身元や話を裏付けたといってもいい。だがやはり千歳が言うように、酒井が現れたことと佐助が家を出たことにはかかわりがあるように凜には思える。別宅が目黒不動からほど近い、下目黒町《しもめぐろちょう》にあるというから尚更《なおさら》だ。

「太鼓橋《たいこばし》を渡って一町ほどのところにあるそうだよ。千歳が帰って来たら伝えとくれ。暮れ六ツを過ぎたら、力になれる者が一人二人いなくもないともね」

目黒まで三里ほど……行って帰っても、七ツには戻って来られる――

凜の胸中を見通したように、稲が苦笑を浮かべた。

「まずは千歳の帰りを待ちな。昨晩戻らなかったなら、そろそろなんらかのつなぎがあるだろうよ」

「そうですね」

頷いて、浅草へ折り返す稲を凜は大人しく見送った。

だが、ものの四半刻《しはんとき》ほどでいても立ってもいられなくなった。

もう二晩も行方が知れぬのだ。

もしも深谷家の別宅が佐助が逃げ出した場所で、再びそこへ囚《とら》われているならば、今この時にもひどい目に遭《あ》っているのではないかと凜は案じた。

──どうしても帰りたくない、あすこに戻されるくらいなら舌を嚙み切って死んだ方がましだ──

──世の中には、私たちが思いも寄らない物好きがいるんだから──

佐助や蓮の台詞《せりふ》が思い出されて、凜は身支度《みじたく》にかかった。

柊太郎は今日は五ツ前に出かけて、再び岡っ引きや下っ引きの知り合いを訪ねたのちに一度道場へ顔を出し、それから市中の迷子石《まいごいし》や番屋を回って来ると言っていた。迷子石は行方知れずや身元が判らぬ子供を知らせるための告知場で、子供の名や特徴を記した紙が貼られている。道場まで知らせに行くか否《いな》か、凜は束の間迷ったものの、道場にいるとは限らぬために取りやめた。

一人は心細いが、津から江戸まで旅したことを思えば、目黒までなぞ大して遠くない。

それにこれは「討ち入り」じゃない。

ただ訪ねて、様子を窺ってみるだけよ──

千歳と柊太郎にそれぞれ置文を書くと、着物を歩きやすく大きく端折《はしょ》って、手ぬぐいを頰被《ほおかむ》りする。

懐《ふところ》に財布を、帯に矢立《やたて》と棒手裏剣《ぼうしゅりけん》が入った袋を差して、凜は戸締まりをした。

柊太郎の家の戸口に置文を挟むと、大家の治兵衛《じへえ》と顔を合わせた。

「出かけるのかね？」

「はい。目黒まで行って参ります」

「目黒？　佐助は目黒にいるのかね？」

「判りません。ですが、藁《わら》にもすがる思いでして……」

「そうか。良い知らせを待ってるよ」

「ありがとうございます」

今日は冬至《とうじ》で、「冬に至る」というその言葉の通り、雪でも降りそうな空模様で風も冷たい。

下之橋に続いて永代橋《えいたいばし》を渡ると、八丁堀《はっちょうぼり》から銀座町《ぎんざちょう》の通町《とおりちょう》へ出る。目黒不動に行ったことはないが、絵図によると、泉岳寺《せんがくじ》の近くまでは品川宿への道のりと同じく通町をたどって行けばいいようだ。

此度は早足ゆえに、銀座町から金杉橋《かなすぎばし》の近くまで半刻《はんとき》足らずでたどり着く。

先月佐助と一休みした茶屋が見えてきて、凜が足を緩《ゆる》めたところへ、背後から柊太郎の声が聞こえた。

「おーい！　お凜さーん！」

振り向くと、柊太郎と前後して千歳も小走りにやって来る。

「先生！　柊太郎さん！　どうして……」

驚きよりも安堵《あんど》に声がかすれた凜へ、千歳がくすりとする。

「柊太郎のおかげさ」

「てやんでぇ」

話を聞くと、柊太郎は道場へ顔を出した後、両国広小路《りょうごくひろこうじ》で伊勢屋へ戻る稲に会ったそうである。

「深谷家の別宅のことを聞いてよ。ついでにお凜さんが何やらよからぬことを考えてるようだってんで急いで戻ってみたら、ちょうど先生も帰ったとこだったのさ」

二人して置文を読んだのち、治兵衛と話して、凜が出かけてから四半刻も経っていないと知った。

「泉岳寺までは通町をゆくだろうから、必ず見つかると柊太郎が言い張ってな。お稲さんと出会ったことといい、こうして道中でお凜さんを見つけたことといい、こいつのつきは莫迦《ばか》にならん」

「それにしても、一人で行こうなんて無茶《むちゃ》が過ぎらぁ」

「ですがまだ本丸《ほんまる》かどうかは判りませんから、とりあえず様子を窺って、怪しいようなら、一度戻って柊太郎さんやお稲さんに助《すけ》っ人《と》を頼むつもりで……」

だが実のところ、佐助がいるならば――ひどい目に遭っているならば――平静を保ったまま引き返せたかどうか、自信がない。

「よく言うぜ。だったらそりゃなんだ？」

呆れ声で柊太郎が指さしたのは、帯から少し覗いている棒手裏剣が入った袋だ。

「これは——念のためです。目黒までとはいえ女の一人道中ですから、用心に越したことはありませんでしょう」

千歳と柊太郎は揃って苦笑を浮かべたものの、すぐに顔を引き締めた。

「目黒は十中八九、本丸だ」と、千歳。

「えっ？」

「うちを訪ねて来たあの男は偽名を名乗っていた。酒井小五郎は確かに深谷家に仕えているが、あの男とは別人だった。やつの名は溝口義康《みぞぐちよしやす》というらしい」

千歳が深谷家に出入りする者から探ったところ、溝口は酒井の同輩だが、本宅と別宅を行き来しているため、四谷の屋敷ではほとんど見かけないという。

「深谷は別宅に妾《めかけ》だか隠し子だかを住まわせていて、溝口はその世話役だそうだ」

「妾か、隠し子……」

溝口が言っていた「年頃の女子《おなご》」は佐助と同じく、または佐助の代わりに買われた幼き「妾」ではなかろうかと、凜は身震いした。

「出入りの者は別宅の場所を知らなかったが、目黒だろうと踏んだ。だが目黒を探りに行く前に、もしや佐助が戻っていないか、何かつなぎがないかと確かめに、一度家に帰ることにしたのだ」

「先生の勘働きもてぇしたもんさ。先生が一緒なら百人力だ。なぁ、お凜さん？」

「ええ」

茶屋の握り飯で腹ごしらえしたのち、泉岳寺の手前の芝田町《しばたまち》九丁目で西へ曲がり、三町ほどで南西にある瑞聖寺《ずいしょうじ》へと続く道へ入る。瑞聖寺を左手に見ながら更に進むと半里とゆかぬうちに太鼓橋に着いた。太鼓橋は橋には珍しい石造りで、壁石の下が一つだが弧を描いており、長崎の眼鏡橋《めがねばし》を模《も》したといわれている。

太鼓橋の南の町は、下目黒村《しもめぐろむら》の田畑に囲まれている。稲が言った「一町ほど」のところに塀で囲まれたそれらしき屋敷は一つしかないため、凜たちは迷わなかった。

千歳が塀の陰に隠れて、凜と柊太郎が門戸を叩いた。

五

「どちらさまですか？」

門戸の向こうから誰何《すいか》する声は、紛《まぎ》れもない酒井——否、溝口のものだ。

千歳にも聞こえたのだろう。塀の陰から顔を出すと、小さく頷いて、足音もなく姿を消した。凛たちが溝口を始めとする屋敷の者の注意を引きつける間に、千歳は様子を窺いつつ、必要なら勝手口か塀から屋敷に忍び込むという。屋敷を囲む築地《ついじ》塀《べい》は四尺半ほど高さがあるが、元伊賀者の千歳は物ともしないらしい。

「栗山庵の凛です」

「お凛さん？　何ゆえここへ……？」

「泉岳寺の近くに所用がありましたので、ついでにお訪ねして来るよう先生から言いつかりました」

門が開いて溝口が顔を覗《のぞ》かせたが、柊太郎を見やって眉をひそめた。

「そちらの方は？」

「用心棒です。女の一人道中は何かと不安ですから」

「しかし、どうしてここが判ったのですか？」

「栗山先生には並ならぬつてがございます。往診はご主人さまとご相談の上でとのことでございましたが、手遅れにならぬよう、まずは私がお見立てできぬものかお伺いしてみろと……弟子の身ゆえ、薬礼《やくれい》は無用です」

「……それではお頼みしようか」

うまく応えられたと思ったものの、あてが外れた気がしないでもない。溝口が佐助を攫ったならば――佐助をここに捕らえているならば――こうも容易《たやす》く凛たちを招き入れはしないだろう。

　戸惑う凜へ、溝口は続けた。

「ただし、用心棒は遠慮願います。門の外でお待ちください」

　柊太郎が一歩踏み出て口を開いた。

「栗山先生からのお達しで、お凜さんを一人することはできません」

　溝口は柊太郎を一瞥《いちべつ》して、微かに眉根を寄せた。

「ならば致し方ない。二人ともお引き取りください」

「ですが――」

　食い下がった凜をも、溝口が疑惑の目で見やる。

　ままよ、と凜は肚《はら》をくくった。

「佐助さんがこちらにお邪魔していませんか?」

「……いいえ。何ゆえここへ来ていると思われたのですか?」

　しばし遅れて問い返した溝口には、明らかな動揺が見て取れる。

　柊太郎が割って入った。

「あんた、本当は溝口って名だそうだな。偽名を名乗ったのは、やましいことがあるからだろう?」

「それは――」

うろたえた溝口へ、柊太郎が更に踏み出した。

「中を検《あらた》めさしてもらうぜ」

「断る」

短く応えた溝口が左手で鯉口《こいくち》を切る。

柊太郎が体当たりして、溝口を門の内側へ押しやった。

互いに、身を立て直したほんの一瞬に抜刀して、溝口が斬りかかった。

「柊太郎さん！」

柊太郎が飛びしさって、溝口の太刀《たち》をかわす。

「お凜さんは佐助を！」

「おらぬと言っているだろう！」

凜も門の中へ入ったものの、間合いを取った二人が対峙《たいじ》していて屋敷には近寄れぬ。邪魔《じゃま》にならぬよう、斬り合いを見守りながら、凜は屋敷に近付く機を窺った。

間合いを詰め、切っ先を弾《はじ》かせては引くことが三度続いた。

道場で千歳と竹刀《しない》で稽古《けいこ》する様《さま》は見たことがあるものの、これは文字通り、一つ間違えば命を落とすやもしれぬ真剣勝負だ。

四度目は打ち合いから鍔迫《つばぜ》り合いになった。

溝口より三寸は背丈が低い柊太郎を案ずるも束の間、押し合う二人の身がぐるりと回った転瞬《てんしゅん》、柊太郎が溝口の刀を巻き上げた。

跳ね飛んだ刀が弧を描いて庭の隅に刺さり、柊太郎が溝口に刀を突きつける。

と同時に、門と屋敷、双方からの声が重なった。

「やめろ！」

「おやめください！」

門からの声は佐助のものだ。

「佐助さん！」

駆け寄った佐助は、凜ではなく縁側に出て来た女を凝視《ぎょうし》している。

「生きていたのか……騙《だま》された」

呆然《ぼうぜん》として佐助がつぶやくと、密《ひそ》やかに女の背後を取る千歳の姿が見えた。

六

斬り合いを悟ったからだろう。千歳はいつの間にか屋敷に忍び込んでいたようだ。

「姫さまに何をする！　無礼者！」

叫ぶ溝口には目もくれず、千歳は仕込み煙管《キセル》筒から抜いた短刀を突きつけ、女に問うた。

「姫さまと呼ばれるからには、あなたは深谷家の娘なのか？」

「そうです……梨花《りか》と申します。逃げはしません。刀を引いてください」

「姫さま――」

「義康、私に任せて、お前は大人しくしていなさい。あなたはあの者たちの親分ですか？　どうか、あの者にも刀を仕舞うよう命じてください」

「私は佐助の親代わりの栗山だ。刀は今はまだ引けぬ」

「栗山というと、あなたが医者の……」

つぶやく梨花に短刀を向けたまま、千歳は佐助に問うた。

「佐助、お前はそこの溝口という者から逃げ出したのではなかったのか？」

「そ、そうだけど……」

「では何ゆえここにいる？　ここはお前が囚われていた屋敷ではないのか？　『騙された』と言ったな？　どういうことだ？」

「それは……」

口ごもってうつむいた佐助の手を取って、凜は問うた。

「私たちは佐助さんを助けるために来たのよ。でも、あなたは溝口さんを助けようとしたわね？　もしもあなたが自ら溝口さんについて来て、あの人が本当に深谷家のお姫さまなら、私たちはおそらく狼藉《ろうぜき》を働いた罪に問われるわ」

「そんな――違う、違うよ。おれは義康さんについて来たんじゃない。おれは今ここへ着いたばかりだよ」

「今？　じゃあこの二日間、どこにいたの？」

「か、覚前屋《かくぜんや》に……」

「覚前屋？」

思いもよらぬ返答に、凛と柊太郎ばかりか千歳の声まで重なった。

「どういうことだ？」

縁側にいる千歳とは庭を挟んで離れているが、いつになく厳《きび》しい声はよく通る。

今にも泣き出しそうな顔をしつつも、佐助は千歳を見つめて口を開いた。

千歳の推察《すいさつ》通り、佐助は溝口の声や語り口を聞いて、水汲みに行くと嘘をついて勝手口から出た。とっさにひとまず井戸端へ行ったものの、思い直して手桶を置いて勝手口に引き返したそうである。

しばし勝手口の外で耳を澄ませて、やはり「酒井」がかつて己が逃げ出した屋敷に勤めていた「義康」だと判ずると、佐助はそっと木戸から逃げ出した。無我夢中で、とにかく人がいる方へ逃げようと、すぐさま下之橋から永代橋へ向かったために、町の者の目に留まらなかったらしい。

永代橋から北新堀町《きたしんぼりちょう》、それから小網町を小走りに抜けたのち、佐助はどうすべきか迷った末に北へ向かい、両国橋を東へ渡って覚前屋を訪ねた。

「昔のことを、先生たちに知られたくなくて……でも、おれが話さなくても、義康さんから聞いたかもしれねぇと思って、帰りづらくて……」

――ちと先生と仲違《なかたが》いして家を出て来ちまったんだが、おれぁみなしごだから行くとこがなくってよ……お凜さんが、仲直りの目処《めど》がつくまで由太郎《よしたろう》さんに頼んでみちゃあどうかってんで、お前さんを訪ねて来たんだけどよ――

そんな嘘をついて、覚前屋に上がり込んだと言うのである。

しかしながら、仲違いの理由も語らず、日が変わっても一日中部屋に閉じこもっていた佐助を由太郎は昨晩諭《さと》した。

――何があったのかは訊《き》かないけれど、なんであれ、栗山先生なら話せばきっと判ってくれるよ。頭を冷やすことも大事だけれど、話さないうちは――こうして隠れているうちは――なんにも片付かないよ――

由太郎の助言はもっともで、佐助は凜たちに過去を打ち明けるべく朝のうちに覚前屋を出たものの、どうにも踏ん切りがつかず、深川に戻る代わりに両国橋を渡って日本橋の方へ向かった。

「何ゆえ、日本橋に？」

「安達屋《あだちや》のお千津《ちづ》さんを見に行こうと思って……お千津さんはみちに――ここでの

仲間に似ているから、お千津さんを見たら迷いが断ち切れる気がしたんだ。そしたら、お千津さんはみちだった……」

「えっ？」と、凜は問い返す。「おみちさんはお亡くなりになったのでは？」

「ずっとそう思ってたけど、違ってた。みちは安達屋にもらわれてたんだ」

そう言って、佐助は溝口を見た。

「みちから聞いた。おれたちはあなたは姫さまの手先だと思っていたけれど、本当はいい人で、あの時みちを助けてくれたって。あなたは今も、時々みちを訪ねてるんだってな。でもって、姫さまはもう亡くなったから、おれの身売りの請状《うけじょう》を返すためにおれを探してるって、みちに嘘をついていた……おれはみちとあなたを信じてここまで来たのに――」

「嘘ではありません」

口をつぐんだままの溝口に代わって、梨花が応《こた》えた。

「でも、姫さまはこうして生きてるじゃないか」

「……ええ。ですが、義康がお前を案じ、見つけたら請状を返すつもりでお前を探していたことは本当です。それにしても驚きました。うまく化けたものですね、おさい。ああ、今は佐助でしたか……道理で見つからなかった筈です」

梨花の台詞から察するに、佐助はここでは「さい」と呼ばれていたようだ。

梨花曰《いわ》く、みち――安達屋の千津――もまた、さいに似た佐助のことが気にかかって、のちに覚前屋で佐助の身元を問うていた。長月《ながつき》の半ばに安達屋に寄った溝口は、みちから佐助のことを聞いて、その足で栗山庵へ向かったそうである。

みちは佐助を男児だと疑っておらず、溝口もまさか佐助がさい本人だとは思わなかった。だが、溝口はさいに兄弟がいることを知っていたため、もしも兄弟も江戸にいたならば、さいは兄弟を頼って栗山庵に逃げたのではないかと推察した。

「ならば、知人の話は方便《ほうべん》だったのだな？」と、千歳。

「その通りです。義康が偽名を名乗ったのは、父がこの屋敷のことは伏せているからです。佐助がおさいにかかわりがないならば、義康やこの屋敷のことをわざわざ知らせることはないでしょう。佐助が伊勢の出だと聞いて、義康は他人の空似《そらに》だと判じました。けれども栗山先生、義康は医者のあなたに興を覚えて、あなたのことを調べました。――私のために」

どうやら梨花が、溝口が往診を頼もうとしていた患者らしい。

溝口は近所の者から千歳の評判を聞いた後日、所用で通りかかった馬喰町でも火事のことを訊ねて、千歳の腕前や人柄を確かめた。

「その折に義康は、おさいがここを逃げ出した日と、佐助が火事で腕を失った日が同じだと気付いたのです」

とはいえ、当時佐助が「両親と」滞在していたという旅籠《はたご》・伊勢屋によると、佐助は「伊勢国の男児」で間違いないそうで、やはり佐助がさいとは思い至らなかった。ただ、その偶然には一層「縁」を感じて、梨花たちは千歳に往診を頼むことにして、義康は栗山庵を再訪した。

「しかしながら、佐助が急に姿を消したことから、義康は不審を抱いて、一旦引くことにしました」

男児である以上、佐助はさいではないが、もしも声を聞いて逃げ出したなら、佐助はなんらかの形で溝口を知っていたことになる。

「なれば佐助はやはりおさいの兄弟で、おさいより先に伊勢に養子にでも出されたのではないか、おさいは佐助が江戸に来ていることを知っていて逃げたのではないか、佐助はおさいの話から当家を探っていたのではないか——などと私どもは考えを巡らせておりましたが、まさか、女子《おなご》を男子と偽《いつわ》っていたとは驚きました」

見たところ梨花は十四、五歳だが、短刀を前にしても落ち着いていて、物言いにも旗本《はたもと》の娘の貫禄《かんろく》が窺える。

千歳が梨花と溝口を交互に見やった。

「他の者の気配がないが、お二人の他、この屋敷には誰もおらぬのか？」

「辰江《たつえ》という女中がいますが、今は他出《たしゅつ》しております。義康が門へ出たのも辰江が留守だからです」

「さようか。それなら、今少し詳しく事の次第を聞きたい。あなたからも、溝口からも、佐助からも」

つないでいる佐助の手がぴくりとして、湿り気を帯びた。

千歳に促《うなが》されて、柊太郎は溝口を、凜は佐助を伴って、縁側から表座敷へ上がり込んだ。

七

間近で見る梨花の顔は青白い。

色白や怖気《おじけ》とはまた違う、明らかな不調が見て取れる。

千歳は梨花と向かい合い、溝口を梨花の隣りに座らせた。柊太郎は大刀を抜いたまま溝口と梨花の背後に立ち、千歳も短刀を放さない。千歳に手招かれて、千歳の隣りに佐助、それから佐助を挟むように凜が腰を下ろした。

いざという時は身を挺《てい》して佐助を守るつもりで、手は握ったままである。

千歳が改めて問うたところによると、梨花は四谷に居を構える御使番《おつかいばん》・深谷知《とも》正《ただ》の長女だが、妾腹《しょうふく》かつ病弱ゆえに幼い頃からこの別宅に住んでいたそうである。

別宅には乳母《うば》兼女中の辰江の他、溝口の父親・裕康《ひろやす》も用心棒兼手習いの師匠として共に移ったが、裕康は八年前に病死して義康が跡を継いだ。だが、義康は剣術の修行に加え、本宅の雑用を担《にな》うようになったため、また、男では分かち合えぬこともあるだろうと考えて、三年前、梨花に「遊び相手」を手配することにした。

「それがお前とおみちさんか?」

千歳が問うのへ、佐助が頷く。

「うん。でも、おれたちの他にも三人いた……」

「では、併せて五人の子供がここにいたのだな?」

「うん……」

佐助曰く、三人の名は倉《くら》、牧《まき》、まゆといい、倉は佐助やみちと同い年で当時九歳、牧は三つ年上の十二歳、五人の中では最年長のまゆは十三歳で、梨花はまゆより更に一つ年上の十四歳だった。

とすると梨花は今十七歳で、凜の見立てよりやや年上だ。幾分幼く見えるのは病弱ゆえと思われる。

「信濃からは他に二人の子がいたけれど、その子らとは千住《せんじゅ》で別れちまった」

人身売買はとうに禁じられたものの、「奉公」と名を変えて存続している。

佐助を買った人買い一味は当時、千住宿に「店《たな》」を持ち、子供たちを一旦千住宿に集めたのち、客に売りさばいていた。客は女衒《ぜげん》や妓楼《ぎろう》が主《おも》らしいが、義康は長月《ながつき》に、口入れ屋を通じて人買いからひとまず五人の少女を「借りた」。

「借りた、というと？」

千歳は溝口に問うたが、梨花が先に代わりに応える。

「遊び相手は一人で充分ですけれど、じっくり選びたかったので、三月《みつき》ほど――年末まで共に暮らしてみようと思ったのです」

遊び相手となっても許しなく屋敷の外に出てはならぬと言われたが、花街《かがい》に売られるよりはましだと、五人は皆「姫さま」こと梨花に選ばれたいと願っていた。

遊び相手には世話役も兼ねてもらうため、梨花や溝口は五人の女児を見定めるべく、遊びの合間に子供たちに家事を手伝わせたり、手習いを教えたりした。

「でも、ここへ来てほんの十日で倉が死んだ」と、佐助。「毒を盛られたんだ」

「毒を？　誰が毒を盛ったのだ？」

「それは……」

佐助はちらりと梨花を見やったが、梨花は毅然《きぜん》として応えた。

「判りません」

「判らない？」

「私は子供たちを疑いました。父の役目柄か、私はこれまでに幾度か命を狙われたことがあります。ですから、残った四人の内の誰かが私を殺そうとしていると考えたのです。けれども、子供たちは反対に私を疑いました。私が遊び相手を除いた四人を次々殺そうとしている、と」

その日の昼下がり、梨花と子供たちは八ツまで半刻余り、双六《すごろく》で遊んでいたそうである。

八ツの鐘が鳴ると、辰江がおやつに茶饅頭《ちゃまんじゅう》を持って来た。

「その時の双六は倉がびりだった。だから姫さまは、倉の分のお饅頭は一番先に上がったお牧さんにあげてしまおうって言ったんだ。けれども、倉があまりにもがっかりした顔をしたから、姫さまは言った――

――冗談ですよ。しんがりのお倉には毒見を命じます。今日のおやつも美味《おい》しいといいですね。さあ、お先に召し上がれ――」

倉は無邪気《むじゃき》に喜び、差し出された茶饅頭を手にしたが、一口食べて顔をしかめると、次の瞬間に引攣《ひきつり》を起こして、ものひとときで息を引き取った。

「お屋敷の外には出ちゃ駄目《だめ》だからって、倉は庭に埋《う》められた。お饅頭は朝のうちに届けられた物で、全部で八つあった。義康さんが残った七つをどこかへ持って行って調べたら、七つとも裏に毒が塗ってあったたって……」

飯も菓子も、屋敷の主である梨花が箸をつけるまで、手を出してはならぬと子供たちは言い聞かせられていた。よって常なら梨花が真っ先に茶饅頭を口にして、毒に死した筈だった。

「それから姫さまはおれたちを、おれたちは姫さまを疑うようになった。姫さまはおれたちをいろんな遊びで『試す』ようになって、おれたちは次はいつ、誰が、どんな風に殺されるのかびくびくして、夜もあまり眠れなくなってった」

「私もです。私も、誰にいつ、どのように殺されるのか恐ろしくなり、よく眠れぬ日が続きました。様々な遊びを試みたのは、お前たちの本性《ほんしょう》を暴《あば》くため――誰が刺客《しかく》なのかを見破るためでした」

梨花の言い分はもっともらしいが、凛にはどことなく芝居《しばい》じみて見える。そっと窺った千歳も疑っているようで、それこそ本性を見極めるべく梨花を見つめている。

梨花は殊に賽《さい》を使う遊びを好んだそうで、絵双六や盤双六の他、旗源平《はたげんぺい》――源氏と平氏の二手に分かれて賽を振り、相手の旗を取り合う遊び――や、時に丁半《ちょうはん》で子供たちに勝敗を競わせたという。

子供たちにとっては命懸《いのちが》けの勝負だった。

倉の死から、辰江はできる限り食べ物から目を離さぬようにして、疑わしき物は卵を採るために飼っていた鶏に毒見をさせていたそうだが、梨花は時折、遊びの敗者にも毒見を命じた。

だから佐助さんは双六が――賭《か》け事が――嫌いなのか……

互いに疑心暗鬼《ぎしんあんき》に陥《おちい》って更に二十日《はつか》ほど、屋敷に来て一月《ひとつき》が経った頃、牧が逃げ出した。

「お牧さんは、もう耐えられない、あと二月《ふたつき》のうちにみんな殺されるって、追い詰められてた。でも、お牧さんは結句死んじゃった。逃げる途中で川に落ちて溺《おぼ》れたんだって……それからおまゆさんは、お牧さんが逃げ出して一月ほどして連れて行かれた。義康さんに色目を使ったから姫さまの不興を買って、千住に戻されたんだ。でもって、今度は花街に売られたって聞いた」

「義康に取り入ろうとしたこともありますが、私はおまゆが刺客やもしれぬと疑い、暇《ひま》を出したのです。私はお牧も疑っていました。泣き言を言って逃げ出したのは芝居で、自分が刺客だとばれぬうちに自ら出て行ったのやもしれないと」

だが佐助とみちは、どちらも梨花に殺されたのではないかと恐れた。牧もまゆも、梨花に命じられた義康が、外で密かに殺したのではないか――と。

無理もない。二人とも三年前は九歳で、十二歳の今でも子供の内だ。梨花とて当時は十四歳の、しかもこの屋敷からほとんど出たことがない世間知らずだった。

佐助とみちは子供なりに頭を巡らせて、梨花に潔白を訴え、二人一緒に梨花に仕えたいと願い出た。

「姫さまは認めてくれて、期限の三月が過ぎてもおれたちは二人とも千住に戻されなかった。おれたちは二人で力を合わせて、姫さまに奉公しようと誓い合って、手伝いも手習いも頑張った。でも正月が過ぎて二月くらいして、姫さまはまたおれたちを遊びで競わせるようになった」

「それは何ゆえに？」

千歳の問いに梨花は応えず、佐助を見つめた。

「おそらくだけど……おれとみちが仲良しだったから……姫さまはどちらかというとおれを贔屓《ひいき》にしてくれていた……」

佐助が梨花を窺うも、梨花は口を結んだままだ。

「それである日、みちが双六でびりになった時、姫さまは隠していた干菓子《ひがし》を取り出して、みちに毒見を命じた。みちは倉のように殺されると思い込んで、引攣を起こした。いっとき息ができなくなって、辰江さんが介抱して引攣が治まった後、義康さんが医者に連れて行った。義康さんはその日は帰って来なくて……次の日戻って来たけれど、みちは医者のところでまた引攣を起こして死んだって言われた」

けれどもおみちさんは生きていた。

それなら、お牧さんやおまゆさんは……？

凛も千歳も溝口を見やったが、溝口は梨花に命じられた通り沈黙を貫いている。

「おれは、みちも殺されたと思った。みちがいなくなって、姫さまはおれを大事にしてくれた。姫さまは初めから、おれが気にかかっていたと言った。姫さまは賽が好きで、おれの名が『さい』だったから……これからは姉妹のように二人で仲良く暮らそうって姫さまは言ったけど、おれはもう姫さまとは暮らせないと思った。おれもそのうち、遅かれ早かれ殺されると思って怖かった……」

八

声を震わせた佐助の手を、凜は今一度しっかり握った。

梨花は凜たちがつないだ手を一瞥《いちべつ》して、再び佐助を見つめて問うた。

「それでお前は私のもとを逃げ出して、馬喰町とやらで火事に遭い、左腕を失くしたのですね？」

「そ、そうです」

「火事のことは義康から聞きました。この栗山という医者が燃えている旅籠に飛び込み、お前の腕を落として命を救ったと……旅籠ぐるみでお前を男子だと偽ったことといい、この屋敷を突き止めて忍び込んだことといい、煙管筒に短刀を仕込んでいることといい、栗山先生、あなたはただの医者ではないようですね」

「今はただの医者だ。それから先ほど告げた通り、佐助の親代わりだ」

「親代わりは私ですよ」

強気に言い返して、梨花は微笑《ほほえ》んだ。

「この子の請状は、いまだ私の手中にあるのですから。前金分の仕事もせずにいなくなって、とんだ迷惑をこうむりました」

親と請人《うけにん》が連署する奉公人請状は、雇い主への身元保証書だ。人身売買ではもちろんのこと、並の奉公人でも請状を受け渡す際に給金を前渡しすることがある。

「請状を渡してもらおうか。誓約によっては、前金分は私が払ってもいい」

「断ったらどうなさいますか？　この子は私のお気に入りです。こうして久方ぶりに顔を合わせてみたら、なんだか手放したくなくなりました」

「佐助は力ずくでも連れて帰る。それでも佐助に手を出すようなら、この屋敷で人殺しがあったことを公《おおやけ》にする。あなたが――深谷家の者が五人もの子供たちを買い、別宅に閉じ込め、内三人が死したとな。深谷殿は御役御免になるだろう」

「御役御免……あなたに、そのようなことができるのですか？」

「できるとも」

事もなげに千歳が応える。

「別の道もある」

「別の道？」

「今この場であなたと溝口を殺し、心中《しんじゅう》に見せかけて去ることもできる」

「心中ですか」と、梨花は此度はくすりとして凜を驚かせた。

自嘲《じちょう》と思《おぼ》しき笑みを浮かべて、梨花は続けた。

「私は構いませんよ。どのみちもう長くはないでしょうから……けれども、それでは義康が気の毒ですね。いいでしょう。請状は差し上げます。負け惜しみに聞こえるやもしれませんが、もともと義康はそのためにおさいを探していたのですから。おさい――いえ佐助、最後に一目会えてよかった。ずっと、訊いてみたかったのです。あんなによくしてあげたのに、どうして私のもとから逃げ出したのか……」

佐助がおそるおそる口を開いた。

「姫さまは、そんなに具合が悪いのですか？」

「脚気《かっけ》だと言われてきましたが、どうも違うようです。殊にこの半年ほどは、少しずつ、明らかに悪くなっているのです。今日明日の話ではありませんが、もうあと一年ももたぬのではないかと」

「弱気はなりませぬ」

横から梨花を諫《いさ》めて、溝口は千歳を見やった。

「請状はお渡しします。おさいに費やした前金も無論いりません。見立て代も往診代もお支払いいたしますゆえ、どうか姫さまを診ていただけませんか？」

溝口を見つめて、千歳は短刀を仕舞った。

「……よかろう。治療代はともかく、見立てと往診代は佐助の請状と引き換えで構わん。お凜さん、手伝ってくれ」

「はい」

つないでいた手を放すと、佐助が置き去りにされたかのごとくしょげた顔になる。

そんな佐助の背中に触れて、千歳が微笑んだ。

「佐助、お前はよく見ておけ。全てが学びだ」

「はい」と、佐助が微かに声を弾ませた。

溝口が言った通り、梨花には食欲がなく、常に身体が――殊に腰から下がだるいそうである。

「手にしびれもあるとか？」

「はい。前よりはよくなりましたが、今度は何やら手のひらが硬くなったような気がします」

まずは梨花を縁側に座らせて、膝の下を叩いた。

この折に足が上がらねば脚気の疑いが濃厚だが、梨花の足は微かに上がった。梨花曰く、まったく動かなかった時もあったそうで、とすると、脚気ならば今は多少は良くなっていると思われる。

　脚気は江戸者や諸国から江戸に出て来た者がよくかかるため、俗に「江戸患《わずら》い」といわれている。実際は、江戸に限らず大坂や京などの「都」にも患者は多いことから、多くの医者は都と田舎の違いに着目しているものの、しかとした病原は判っていない。

　千歳に言われて、凜、それから佐助も梨花の手のひらに触れた。

「確かに、少し硬くなっているところがありますね」

「たこみてぇだ」

「うむ。足の裏も見せてくれ」

　足の裏にもやはり、爪の大きさほどの硬い箇所がある。

「肌に変わりはないか？　痣《あざ》のように青くなったところや、反対に白くなったところなどは？」

「ないと思いますが……」

「背中を見せてくれ」

　梨花の恥じらいを見て取って、溝口と柊太郎が背中を向ける。

　痣は見られなかったが、色白の肌に指先ほどの白斑《はくはん》と思しき一層白い箇所と、やや赤く腫《は》れている箇所があった。

「痒《かゆ》みはないか？　殊にこの辺りに」

赤くなっている箇所に触れながら千歳が問うと、梨花は小さく首を振った。

「痒みはありませんが、横になるとその辺りが少し痛みます。ですが、辰江はそのようなことは何も……」

湯屋《ゆや》に行くことは稀《まれ》だが、ほぼ毎日盥《たらい》に湯を張って、辰江に背中を流してもらっているという。

「ならば、その辰江という女中が怪しいな」

「というと？」

「私の見立てでは、あなたは毒に侵されている。お倉を死なせたような猛毒ではない。日々の暮らしの中で少しずつ与えられてきたならば、台所をあずかっている女中が最も疑わしい」

「辰江がまさか……」

呆然《ぼうぜん》とする梨花と溝口を促して、凜たちは台所へ行った。

梨花と溝口、それから二人を見張る柊太郎が見守る中、凜たち三人は毒を探す。

ほどなくして凜は、食器棚に仕舞われていた三つの小壺《こつぼ》を見つけた。手前の二つは空だが、奥の三つ目には白い粉末が入っている。臭いはなく、凜には判じ難いが、塩や砂糖、うどん粉などなら、このように隠しておくことはない。

千歳が極少《ごく》し――箸《はし》の先ほどを舐《な》めたのち、口中を水でゆすいで吐き出した。

「十中八九、猫いらずだ」

鉱山で採掘《さいくつ》された砒石《ひせき》を焼成《しょうせい》して作られた、鼠捕《ねずみと》り粉のことである。石見銀山《いわみぎんざん》の名を冠《かん》した物が殊に有名で、巷《ちまた》ではただ「石見銀山」と呼ばれることもある。

「まさか本当に、辰江さんが姫さまを殺そうとしていたなんて」と、佐助。「それなら、おれを逃がしてくれたのは、おれを助けようとしたんじゃなくて、おれが邪魔だったからか……」

「お前を逃がした？」

「うん。おれも『遅かれ早かれ殺される』って、辰江さんが言ったんだ。この屋敷の庭には、倉の他にも殺された者の亡骸《なきがら》がたくさん埋まってるって。だから、機を見計らっておれを逃がしてくれたんだ」

辰江は佐助に握り飯と五十文ほどの金を持たせ、人が多い大きな道を、できるだけ遠くへ逃げるよう言い聞かせたそうである。

梨花と顔を見合わせて、溝口が口を開いた。

「辰江さんを疑いたくはなかったが……先生の見立ては正しいようだ」

再び座敷に集《つど》うことにして、小壺を携《たずさ》えた千歳に梨花が言った。

「請状は寝所《しんじょ》にあるので取って参ります」

「判った。お凜さん、見張りを頼む」

「この期《ご》に及んで、逃げも隠れもいたしませんが――どうぞこちらへ」

苦笑を浮かべた梨花が凜を促すのへ、佐助が呼び止めた。

「姫さま」

「なんでしょう?」

「守り袋も返してください。お願いです」

「守り袋?」

問い返した梨花をじっと見つめることしばし、佐助が眉根《まゆね》を寄せた。

「姫さまじゃない……あんた、一体誰なんだ?」

九

凜たちも一斉《いっせい》に見やると、梨花は溝口と見交わして、おもむろに応えた。

「……私は梨花の双子《ふたご》の片割れで、本当は柚花《ゆか》と申します」

「双子――」

佐助と凜、柊太郎はもちろん、千歳までも意表を突かれた顔になる。

「お前が『騙された』と言ったので、とっさに梨花の名を名乗って、しばらく騙してやろうと思いました。ほんの出来心――いえ、少しばかり、梨花に代わって意趣《いしゅ》返ししたくなったのです」

「意趣返し？」

「お前はおととし、梨花を置き去りにしました。ですが、お前がいなくなったことで梨花は苦しみました。話を聞いた今、お前を責める気持ちはもうありません」

「姫さまが……？　姫さまは今どこに？」

「梨花は亡くなりました。おととし、お前がいなくなって一月と経たずに」

佐助が息を呑む傍《かたわ》ら、千歳が口を開く。

「となると、溝口がおみちに語ったことは本当だったのだな？」

「はい。佐助が私を梨花だと信じたままなら、それもよしと思いましたが、こうして見破られたからには――また、辰江に裏切られていたと判ったからには、全てお話ししとうございます」

「姫さま」と、溝口が眉をひそめる。

「こうなっては、いつ、どこで命を落としてもおかしくありません。もしもの折に備えて、誰かに知っておいて欲しいのです。私と梨花のことを――私たちが確かにここにいたことを……」

「……心得ました。ご随意《ずいい》に」

ひとまず皆で戻った座敷で、柚花は明かした。

事の始めは十六年前、深谷の正室である昌子《まさこ》を差し置いて、側室の吉乃《よしの》が双子を産んだことにあった。

「母は私たちが二歳になってまもなく亡くなりました。産後の肥立《ひだ》ちが悪く、私たちを産んでから床《とこ》に臥《ふ》すようになったと聞きましたが、今思えば、母も毒を仕込まれていたのやもしれません」

吉乃が住んでいた屋敷は四谷からそう遠くない牛込《うしごめ》にあったが、吉乃の死後手放され、柚花と梨花は本宅に引き取られた。昌子は不服を唱えたらしいが、己に子供がいないので、受け入れざるを得なかったようである。

「しかしながら、昌子は真代《まよ》という占い師を盲信《もうしん》していて、この真代が父に、双子は不吉だ、双子を産んだがゆえに母は亡くなった、向後《こうご》の不幸を避けるため、今のうちに一人、間引《まび》くがいいと進言したのです」

呼び捨てにしていることで、柚花の昌子への強い憎しみが伝わった。

「父もまた私たちを憎んでいたと、のちに聞きました。父は母を溺愛《できあい》していたので、私たちが双子でなかったなら、母は死なずに済んだやもしれないと……ですがこの時はまだ他に子供がおらず、私たちはどちらかというと母に似ていたので、私も梨花も母の忘れ形見《がたみ》として殺されずに済みました。父も双子は不吉であると考えていたようですが、子供が一人では心許《こころもと》ないと、一人に何かあった時にはもう一人を身代わりにしようという思惑もあったとか……そうして私と梨花は三つになる前の年の瀬に、賽によって住処《すみか》を別《わ》けることになったそうです」

より少ない目を出した方を手元に置くことにして、深谷は双子にそれぞれ賽を振らせた。結句《けく》、一の目を出した柚花を本宅に残し、五の目を出した梨花を新たに設けた別宅へ移した。

「それからずっと、梨花のことは家では隠されておりました。私も梨花も別れた後は一人子《ひとりご》として育てられましたが、それぞれ、どことなく互いを覚えていたようです。私には賽を振った記憶はありませんが、梨花が賽遊びを好んでいたのなら、梨花はあの日を――私たちが共にいた最後の日を偲《しの》んでいたのやもしれません」

一息つくと、柚花は義康を見やった。

「――義康、この屋敷と梨花のことは、お前の口から話しなさい」

「はい」と短く応えて、義康が凜たちに向き直る。

梨花のために「別宅」が用意され、義康の父親の裕康がそれを任されたのは、義康が十歳の時だったという。義康の母親はその四年前に亡くなっていたため、乳母兼女中として、新しく辰江が雇われた。義康は朝のうちは学問を学び、昼からは麻《あざ》布《ぶ》の道場にて剣術を修行した。

そうして二年が経った頃、辰江が娘の夕《ゆう》を産んだ。

「それはつまり」と、千歳が口を挟むのへ、義康が頷く。

「父の子です。お夕は私の腹違いの妹でした」

「でした、というと？」

「お夕は四年前に亡くなりました。姫さま——梨花さまはお夕を実の妹のごとく可愛がっていましたが、ある日、ふとしたことから……」

不幸な事故だった、と義康は言った。

夕と何やら些細《ささい》なことで揉《も》めたのち、梨花は庭にいた義康を呼びながら縁側に出て来た。夕は梨花を追いかけて来て、仲直りしようと持ちかけたが、梨花は冷たくあしらい、だが庭に下りようとして足を滑《すべ》らせた。夕は梨花を助けようとしたものの、四歳年上の梨花を支えきれずに一緒に落ちて、結句、沓脱石《くつぬぎいし》で頭を打って呆気《あっけ》なく死したのだ。

「お夕を殺してしまったと、梨花さまは気を病《や》んでしまいました。事故であることは明らかでしたが、辰江さんも気落ちして梨花さまによそよそしくなり、そのため梨花さまは一層私を頼るようになりました」

しかし男女にして主従の間柄ゆえに、あまり馴れ馴れしくしては互いのためにならぬと、溝口は翌年、深谷と梨花に助言して「遊び相手」を探すことにした。

「ですがまさか、お倉があのように死すとは思わず……あの饅頭は本宅から贈られた物でした。ゆえに私も梨花さまも、昌子が梨花さまを殺そうとしていると、もしかしたら子供たちの中にも昌子の手先がいるやもしれぬと、疑心を抱くようになりました。だが、あれももしや辰江さんが……」

「どうだろう？　饅頭の毒は猫いらずではあるまい。鳥兜《とりかぶと》か馬銭子《まちんし》か……となると、女中が扱うには難しいように思えるが」

ふと、先ほどの疑問を思い出して凜は口を挟んだ。

「あの、その場でお亡くなりになったお倉さんは別として、おみちさんが生きていたならば、もしやお牧さんとおまゆさんもまだ存命なのですか？」

「……残念ながら」と、溝口は首を振った。「梨花さまの命《めい》で私はお牧を探しましたが、私が見つけた時には既《すで》に亡骸でした。ただし、川で溺れ死んだというのは嘘です。一人で、無一文でふらふらしていたお牧は悪者に——別の人買いに目をつけられたのです。花街に売られるところを再び逃げ出したそうですが、折檻《せっかん》されていた上、逃げるために川に飛び込んだのですっかり凍《こご》えてしまい、町の者に助けられてまもなく倒れて、翌日息を引き取ったのです」

残った三人の子供たちに真相を伝えるには忍びず、とはいえ、むやみに逃げ出されても困る。そこで「川に落ちて溺れた」と嘘をついたという。

「なら、おまゆさんは……？」と、佐助が問うた。

「おまゆが私に取り入ろうとしていたことは、お前もおみちも気付いていただろう。ゆえに梨花さまの不興を買って、梨花さまは私におまゆを口入れ屋に戻すよう命じた。だが、お倉やお牧の供養《くよう》を兼ねて、私はおまゆも買い取り、養育館《よういくかん》へ連れて行った。梨花さまの手前、おまゆは千住へ連れ戻したことにして、花街に売られたと嘘をついたが……のちのちそれは本当になったと知った」

まゆは既に十三歳だったため、養育館はほどなくして、とある店に奉公に出した。しかしながらまゆは奉公先で、今度は跡取り息子に取り入ろうとしたために女将《おかみ》の不興を買い、吉原《よしわら》に売られたそうである。

十三歳なら、性に目覚めている者もいる。梨花が言ったように「色目」を使った見込みも充分あるが、それは性欲からではなく、ただ生き延びようとしただけだったやもしれない。

そしておそらく梨花さんは、溝口さんを男として好いていた。

柚花さんもまた……

――心中ですか？――

――私は構いませんよ――

あれは、死を前にした柚花さんの願いではなかろうか……

「昨年耳にしたところ、おまゆは結句、中《なか》で風邪《かぜ》をこじらせて亡くなったそうだ」

「風邪で?」と、思わず凜は問い返した。

妓楼では折檻や刃傷沙汰での死も、事故や風邪で片付けられることがある。

「私はそう聞きました」

それなら、そう信じたいけれど……

また昨年ならまゆは十五歳で、水揚《みずあ》げを済ませていたとは考え難いが、風邪かどうかを含めて、己が何を信じようが、まゆにはもうなんの救いにもならないと、凜は唇を嚙み締めた。

「おまゆがいなくなって、梨花さまは落ち着いたように見えました。けれども本当は……お寂しかったのだと思います。おさい——いや、佐助とおみちにはなんの罪もありません。ですが梨花さまは二人の仲を妬《ねた》み、もとより佐助を気に入っていたことから、おみちを疎《うと》むようになりました」

引攣を起こしたみちを、梨花は医者に連れて行くよう命じたが、それは佐助に嫌われぬようにと考えてのことで、溝口にはみちは医者のもとで死んだことにして口入れ屋に戻すよう命じ直していた。帰宅した溝口は梨花が望んだ通りに報告したが、実際はまゆと同じく、みちを買い取って養育館に託していた。

「みちは半年ほど養育館で過ごし、おととしの秋、少し早いが奉公に出そうかという話が出た矢先、安達屋がやって来て養親《やしないおや》になりたいと申し出たそうです。なんでも、七つになる前に病《やまい》で亡くなった娘とおみちが同い年で、少しですが面影《おもかげ》も似ているとのことでした」

みちのいきさつまで聞いたところで柚花が再び申し出て、凜と佐助を伴い、寝所へ請状と守り袋を取りに行った。

「義康が話している間に思い当たりました。これがそうではありませんか？」

そう言って柚花が鏡台《きょうだい》の引き出しから取り出した「守り袋」は、凜が想像していた物とはかけ離れた、小さな二寸四方ほどの粗末な巾着《きんちゃく》だった。

守り袋を握りしめた佐助と座敷へ戻ると、柚花は請状を千歳に差し出した。

「守り袋は見つかったのか？」

「うん……」

握りしめていた手を開いて佐助が見せると、溝口がつぶやいた。

「お前の物だったのか。てっきりお倉の形見だと思っていた。梨花さまは、お倉の死を大層悼《いた》んでいらしたゆえ」

「それなら義康さんは、姫さまから何も聞いていないの？」と、佐助。「この石のこと――おれの弟のこと……」

「中身が石であることは、梨花さまがお亡くなりになった後に知った。お前に兄弟がいることは知っていたが、石や弟にまつわることは何も聞いておらぬ。ただ、梨花さまはその袋を宝物のごとく、大切に仕舞われていた」

「これはおれの宝物――おれの弟の形見だ。弟がくれたんだ。こんなに丸い石は他にないからって、弟の大事な宝物だったのにくれたんだ。でも、姫さまはおれからこれを取り上げた。おれが姫さまを裏切らないように、人質《ひとじち》のごとく……」

「そうだったのか……お前には恨《うら》みしかないやもしれぬが、梨花さまはお前を本当に好いていた。だからお前を案じて――お前がお牧のようにひどい目に遭っていないか、死んでしまいはしないかと恐れて、一人で探しに出かけられたのだ」

「おれを？　姫さまが？」

「ええ」と、柚花も溝口と共に頷いた。

妹同然だった夕を亡くし、母親代わりの辰江によそよそしくされ、頼りの溝口も一線を画《かく》すようになった。新しい「遊び相手」ができると喜んだのも束の間、暗殺や裏切りの恐怖にさらされるようになり、ようやく落ち着いたかと思いきや、どうも「仲間外れ」にされている――

「寂しかったのだ」と溝口は言ったが、梨花は再び――もしくは夕を亡くしてからずっと――気を病んでいたのではないかと凜は思った。さもなくば、いくら佐助を案じていたとしても、世間知らずの梨花が一人で屋敷を出て行くとは考えられぬ。

「義康はお前を探すよう梨花から命じられたものの、見つけられませんでした。梨花は自らもお前を探しに行こうとしましたが、義康と辰江が止めたのです。けれども三日、四日と経つうちに居ても立ってもいられなくなり、六日目に——曇り空にもかかわらず——辰江が他出した隙に一人で表へ出ました」

しかしながら、病弱かつ常から屋敷に閉じこもっていた梨花は、一刻ほど歩き回ったのち、増上寺《ぞうじょうじ》の近くで力尽きた。

「介抱《かいほう》した町の者が梨花から父の名を聞いて、梨花を四谷の本宅に送り届けてくれました。そうして、私たちは十二年振りに再会しました」

疲労に加え、おそらく道中で降り出した雨に打たれたからだろう。梨花はその夜のうちに熱を出し、七晩寝込んだのちに息を引き取った。

「三つになる前に別れたきりでしたが、私たちはすぐに打ち解《と》けました。お前のこともこの時に聞きました」

——あんなによくしてあげたのに、どうして私のもとから逃げ出したのか——

柚花が佐助に問うた言葉は、この時に梨花から聞いたそうである。

「昌子や父への恨み節《ぶし》もこぼしましたが、ほんの少しです。ずっと離れていたのに、私たちはそっくりでした。顔かたちはもちろん、話し方や好みまで……着物や小間物、食べ物、花や草木、鳥、詩歌《しいか》に草紙《そうし》……熱に浮かされた梨花と話せる時は限られていましたが、私は梨花と共に寝起きして……今際《いまわ》の際《きわ》まで傍《そば》にいました」

佐助が袖を目にやった。

「泣いてくれるのですか？　梨花のために？」

「うん……姫さまが、最期《さいご》に一人じゃなくてよかった……」

頬を伝った涙も拭ってから、佐助は千歳の方を向いて座り直した。

「先生」

「なんだ、佐助？」

「おれと姫さまは身分が違うし、姫さまのことは苦手だったけど、姫さまを仲間だと思ったことはある。姫さまもおれと同じように悔《く》やんでた。おれも姫さまも、大切な人を殺してしまったから……」

千歳に動揺は見られなかったが、凜たち四人は目を見張る。

声を震わせながらも、守り袋を握りしめた佐助は千歳から目をそらさなかった。

「姫さまがおれに執着《しゅうちゃく》していたのは、おれがそのことを話したからだ。姫さまに守り袋のことを問われて、これは弟の形見だって——おれは弟を殺したから親に売られたんだって、打ち明けたから」

「何ゆえ弟を……どのように？」

「四年前、野菜も米も不作で、うちではみんな腹を空《す》かせてた。殊《こと》におれは女で役立たずのちびだったから、いつも一番飯が少なかった。親父もおふくろも兄貴もおれにには意地悪だったけど、弟は違った。弟はおれに同情して、何かにつけて飯を分けてくれた」

だが、佐助より一つ年下で当時七歳だった弟は徐々に弱っていき、やがて寝付いてしまった。寝付いてからは無論、飯を分けてもらうことはなく、それどころか弟に滋養《じよう》をつけさせるべく、佐助の飯は更に減らされた。

「それでもおれは、弟に元気になって欲しかったから我慢してた。けれどもある日、弟はとうとう粥《かゆ》も飲み込めなくなった。寝込んでから弟の飯はおふくろが食べさせるようになっていたけれど、弟は一匙《ひとさじ》も食べられなくて、戻してしまって、おれはもったいないと思ってた。そしたら近所の人がおふくろを呼びに来て……」

母親が席を外した隙に、佐助は粥を一匙食べた。

「弟は目を閉じていて、笑ってるように見えた。『いいよ』って……『ねえちゃん、食べてもいいよ』って言ってるように見えた。判ってる。おれが勝手にそう思っただけだって。でもおれは我慢できなくなって、弟の粥を平らげた。少しして、おふくろが戻って来て、おれを張り飛ばして納戸《なんど》に閉じ込めた。夜になっても次の日になってもおれは閉じ込められたままで……二晩目が明けて、外に出された時には弟はもう死んじまってた」

弟を溺愛していた母親の怒りは凄《すさ》まじく、佐助はそれまでより一層邪険《じやけん》にされた上で、翌年、人買いに売り渡された。

「人は食べられなくなったら死を待つ他ない。お前は弟を殺していない。お前の弟は飢《き》餓《が》による病に死したのだ」

「うん。でも、おふくろはおれが殺したって言った。親父も、兄貴も……おれもそう思った。だって先生、おれはあの時、弟が死んだらおれの分け前が増えると思った。おれは弟が大好きだったけど――大好きだったのに――弟が寝込んでからちょっとずつ、弟が死んだ時のことを考えるようになっていた……」

束の間、守り袋を握った手へ目を落としたのち、佐助は今度は柚花を見やった。

「おれは弟が大好きだったけど、弟を羨《うらや》む時がありました。弟はみんなに大事にされていたから……『おんなじ』だって、姫さまは言いました。姫さまもお夕さんが大好きだったけど、お夕さんを羨む時があったって。姫さまは時々、どうしようもなく寂しかったって言ってました。義康さんのお父さんと義康さん、辰江さんとお夕さんの四人はみんな『身内』だけれど、姫さまは違ってたから……だから――だから時々、もしもお夕さんがいなくなったらって考えたって……」

柚花が溢《あふ》れた涙へ袖をやる。

「……打ち明けてくれてありがとう。お前の大切な物を取り上げたこと、梨花に代わって私が詫びます」

梨花が手をついた矢先、物音が聞こえて凛たちは耳を澄ませた。

「ただいま帰りました」

足音が近付き、襖戸《ふすまど》の陰から辰江が顔を覗かせる。

「お客さまがいらしていたとは知らず、ご無礼を……」

頭を下げようとして、辰江は小壺に目を留めて息を呑んだ。

十

溝口に問い詰められて、辰江は事の次第を白状した。

本宅から離れる梨花のために雇われた辰江は、長らく梨花に同情と愛情を抱いていたが、夕の死から梨花を憎むようになったという。そのことを知った正室の昌子は、辰江を味方に取り込み、梨花に少しずつ猫いらずを含ませることにした。

昌子は八年前、息子にして深谷家の跡継ぎとなる正太郎《しようたろう》を産んでいた。

三年前に毒を塗った茶饅頭を手配したのは昌子で、正太郎が風疹《ふうしん》で寝込んでいた折だった。占い師の真代が、正太郎の平癒《へいゆ》のために梨花を「贄《にえ》」とするよう昌子に進言したそうである。結句、倉が梨花の代わりに死したのち正太郎が回復したため、猛毒を用いた暗殺はそれきりだったが、辰江は猫いらずを使い続けた。また、梨花が夕の代わりに新たな「遊び相手」を得ようとしていることを癪《しゃく》に思い、子供たちの恐怖を煽《あお》って――「遅かれ早かれ、みんな殺される」「庭には、お倉の他にも殺された者の亡骸がたくさん埋まっている」などと吹き込んで――阻《はば》もうとした。

庭に埋められた亡骸は、実際には夕と倉のみだった。梨花が死したことで、辰江はしばらく義康と共に、家守《やもり》として二人の少女を供養しながら過ごした。

だが昨年、柚花が別宅に移って来て、辰江の平安は乱された。梨花への憎しみを思い出し、また昌子にそそのかされて、辰江は再び猫いらずを使うようになった。

柚花は「療養」のために別宅に移ったが、真の理由は正太郎が昨年無事八歳となり、ついでに昌子が次男を産んだため、昌子ばかりか父親にも「不要」とみなされたからだった。

一通り話を聞いたのち、千歳はしばし溝口と密談をした。それから辰江を溝口に任せて柚花に暇を告げると、凛たちを表へ促した。

七ツまでまだ半刻はある筈だが、曇り空ゆえに六ツを待たずに暗くなりそうだ。

「降り出す前に帰りたいところだが、いい加減疲れたな。泉岳寺の辺りで泊まってゆこうか？　柊太郎もどうだ？　ああ、宿代は案ずるな」

「そんなら俺は構わねぇぜ」

柊太郎が喜ぶ傍らで、佐助はまだ気まずそうにしている。

太鼓橋に差しかかったところで千歳が下《くだ》り舟を見つけて、凜たちは結句、舟で品川宿へ出て、湊屋《みなとや》で宿を取った。

番頭は凜たち「姉弟」を覚えていた。此度は男女で分かれるべく二部屋頼んだからか、二間続きの、清衛と慶二《けいじ》が滞在していた部屋に通される。宿帳を持って来た女将に、千歳は凜と佐助を弟子、柊太郎を用心棒だと紹介した。

女将が去ると、佐助がおずおず切り出した。

「先生、おれ……弟子のままでいいの？」

「うん？　どういうことだ？」

「破門《はもん》になるかと思った」

「何ゆえに？」

「人の死を願ったことがあるやつは、医者の弟子にふさわしくないから……」

「私もこれまでに幾度となく人の死を願い、時にその命を奪ってきた」

「でも、好きな人の死を願ったり、殺したことはないだろう？」

千歳は微かに困った目をしたものの、すぐさま応えた。

「好いた者を羨んだことはある。死を願ったことはないが、殺したことはある」

菫《すみれ》さんのことだろうか――？

蓮の妹にして要の妻だった菫は、難産ののち、生まれたての赤子を亡くした。産後の肥立ちが悪く、床に臥せるようになってしばらくして千歳が呼ばれたが、ある日、要も千歳も留守の間に菫は毒死した。置文はなく、毒殺とも、自害とも考えられるが、真相は謎のままである。

菫さんが治るかどうかは五分だとみていたと、先生は仰った。でも本当は、不治だと見立てていたのだろうか……？

凜が思い巡らす間に、千歳が再び口を開いた。

「弟の名が佐助だったのか？」

「うん」

「だからお前はあの時――火事の折に、弟に謝っていたのだな？」

熱に浮かされた時のように、佐助は腕を梁《はり》に挟まれた時も佐助に――弟に謝っていたらしい。

「うん……あれは天罰だとおれは思った。あの手でおれは佐助の粥を食べた。あの手で賽を振って、自分が死なずに済むように、姫さまに殺されるのがおれじゃない誰かであるように祈った。姫さまがみちに毒見をするように言った時、おれはみちを案じたけれど、どこかでおれじゃなくてよかったとも思ってた。だから先生、おれはほんとはほっとした。『腕は置いてゆけ』って言われた時……腕を落とされた時は死ぬほど痛かったけど、死ぬ代わりに許されたと思った。そんな都合のいい話はないってのに」

「身勝手さなら、私も負けんぞ」

涙をこらえる佐助の頭を撫《な》でて、千歳は言った。

「私にもその昔、佐助という名の弟分がいた。だがお務めの最中に、佐助は足を折って走れなくなった。やつはお前とは似ても似つかぬ大男でな。肩は貸せても、背負うことは叶《かな》わなかった。そうこうするうちに追手がかかり、佐助は私に毒をねだった。毒と自分を置いてゆけと言った。そして私はそのようにした」

「でもそれは、そうしなかったら二人とも殺されただろうから……」

「そうだ。私がそうしなければ、やつは己で喉を掻き切る覚悟だと言った。仕方がなかったと私は思った。仲間もそう認めてくれたが、このことはずっと、今なお胸中で燻《くすぶ》っている。ゆえにあの火事で佐助の名を聞いて――お前の佐助への謝罪を聞いて、なんとしてでもお前を助けたいと思った。お前を助けることができれば、私も少しだが救われるような気がしたからだ」

佐助が懐へ手をやった。仕舞った守り袋を確かめているのだろう。

「先生……おれはもう一つ謝らなきゃいけないことがある」

「なんだ？」

「あの時、『あすこに戻されるくらいなら舌を噛み切って死んだ方がまし』って言ったのは嘘だった。先生と離れたくなくて……ああやって言えば、先生がしばらくでも家に置いてくれるだろうって思ったんだ。せっかく、先生も命懸けで助けてくれたのに、死ぬなんて言ってごめんなさい」

「いいんだ。本心でないことは判っていた。お前は生きようとしていた」

「うん。梁に挟まれた時はこのまま死んでも仕方ないと思ったけれど、ほんとはやっぱり死にたくなかった。殊に一人では……先生、おれ、いつかちゃんと恩返しするからよ。今はまだ世話になりっぱなしだけど……」

「ならば私より長生きしてくれ。それだけでいい。自分より若い者に先立たれるのはやりきれん」

「……約束はできないけれど、最善は尽くすよ、先生」

「ははは、それで充分だ」

今一度佐助の頭を撫でてから、千歳は凜と柊太郎を見た。

「――さて、飯の前に風呂にしようか」

「待ってください」

とっさに声が出た。

何ごとかと三人が見守る中、凜は佐助の方へにじり寄って膝を詰めた。

「もう一つ、先生に謝らねばならないことがあるでしょう」

「もう一つ？」

「黙っていなくなるなんて、先生がどんなに心配したことか。先生だけじゃありません。柊太郎さんやお蓮さん、お稲さんや長屋の人たち——みんなあなたを案じて探してくれたのですよ。由太郎さんにも嘘をついて、二晩もよそさまにご迷惑をおかけして、まったくとんでもないったら……」

ずっとこらえていた涙が溢れて、佐助の顔を滲ませる。

「ご、ごめんなさい」

佐助がおろおろと差し伸べた手を取って、凜は佐助を抱きしめた。

「本当に……無事でよかった……」

「お凜さん……先生……ごめんなさい」

佐助の腕にも力がこもり、互いの肩が濡《ぬ》れていく。

「柊太郎……」

「へいへい。俺はあっちの部屋に行ってってからよ。心置きなく泣きやがれ」

「ありがとう……助けてくれて……」

小声で、凜の肩に突っ伏したままだが佐助が漏らすと、思わぬ礼に柊太郎が破顔する。

「なんの、礼にゃあ及ばねぇ」

「先生もお凜さんもありがとう……由太郎にも、ちゃんと謝りに行くから……」

「うむ、それがよいな」

改めて再会をひとしきり喜んだ後、二人ずつ風呂に入った。

湯船には柚《ゆず》が浮かんでいて、凜は今日が冬至《とうじ》だったことを思い出した。

「一陽来復《いちようらいふく》……」

「あ、それ知ってるぞ。冬至のことだろ。冬至は陰が極まり陽に転ずる日だ。冬が終わって春が始まる。悪いことの後には良いことが巡ってくる――」

「その通りよ」

「へへへ」

照れ臭そうに笑みを浮かべて、佐助は柚をつついた。

「先生が教えてくれたんだ。そうかぁ……今日は冬至かぁ……」

夕餉にも南瓜《かぼちゃ》の煮付が添えられていて、「魔除《まよ》け」だの「無病息災の願掛け」だのと佐助が話の種にした。

風呂と同じく男女で部屋を分けて夜具に入ると、佐助はすぐに寝息を立て始めた。

疲労は否めぬが、どこか心地良かった。

雨戸の向こうから、寄せては返す波の音が聞こえる。

ここで息を引き取った清衛の実家は、海際から四半里ほどの、津城の近くにあったと聞いた。ゆえに健忘《けんぼう》を患っていた清衛は、この部屋から見える江戸前を故郷の津の海だと錯覚していた。

凜の生家からも、のちに住んだ長屋や妓楼《ぎろう》、要の家からも海はやや遠く、波の音までは聞こえなかった。だがこうして耳を澄ませていると、どこか故郷が――己が生まれ育った屋敷や家族、兄が殺されるまでの穏やかな日々が思い出される。

……ううん。

波の音じゃない。

生家では、妹の純《じゅん》ともよく寝間《ねま》を共にした。

兄や母の気配を感じながら、何も恐れずに、安心して眠りに就《つ》いた――

今一度佐助の健《すこ》やかな寝息を確かめて、凜は新たな「家族」のぬくもりに浸った。

十一

十日後、占い師の真代を訪ねた柚花と溝口が、相次いで行方知れずとなった。

女中の留守を見計らい、置文を置いて出て行った柚花を、道場から帰った溝口が二刻ほどして追ったのだ。置文には「占い師の真代に確かめたいことがある」といった旨《むね》が記されており、柚花も溝口も、真代の屋敷がある赤坂田町《あかさかたまち》の番屋で道を訊ねていた。

二人が戻らぬことを、女中が夕刻に目黒の番屋に知らせた。知らせは番人から岡っ引きや町同心を経て、その夜のうちに四谷の深谷家に届いた。

真代は知らぬ存ぜぬを貫いたが、時をおかずして町奉行所に密告があり、町同心たちが屋敷を検《あらた》めたところ、密告通り床下から人骨が見つかった。

骨は古く、柚花や溝口の物でないことは明らかだったが、頭骨に陥没《かんぼつ》があったことや、密告に真代が「人殺し」と書かれていたことから、真代は大番屋にしょっ引かれた。真代が取り調べを受ける間、更に屋敷を掘り起こしたところ、四人分の人骨の他、犬や猫と思《おぼ》しき骨もいくつか出てきた。

真代よりも先に奉公人たちが口を割り、真代が自分の占いを本物に見せかけるために人殺しをしてきたことや、人攫いや人買いにもかかわりがあったことが判明し、真代は結句、霜月《しもつき》末日に死罪となった。ただし、真代も奉公人たちも、柚花や溝口はまるで見かけていないそうで、二人の行方は杳《よう》として知れず、真代の悪行《あくぎょう》を連ねた読売《よみうり》には「神隠し」と書かれていた。

「神隠し、ねぇ」

読売を読んだ柊太郎がにやにやするのへ、読売を届けた蓮もにんまりとする。

「うまいこといったでしょう？」

――辰江の始末はおぬしに任せるが、もしも助けが入り用なら、うちを訪ねて来るといい。人殺しには手は貸せぬが、湯治《とうじ》や駆け落ち、神隠しの手配りならやぶさかではない――

千歳からそう聞いた溝口は、辰江を納戸に閉じ込めて柚花と話し込み、二人してあの日のうちに深谷家を見限ることにした。二人の虎の子を併せて、柚花の湯治のついでに、二人とも行方をくらまそうと決めたのだ。

翌朝、夜のうちにちらついた雪でやや足元が悪い中、溝口は早速栗山庵を訪ねたが、品川宿に泊まった凜たちは留守だった。溝口は大家の治兵衛に文《ふみ》を託して目黒へ引き返したものの、戻り道中の泉岳寺の手前で、品川宿から帰宅する凜たちと鉢合わせた。

柊太郎が用心棒として溝口と別宅へ折り返し、溝口から「覚悟」を聞いた千歳は、帰りしなに結城屋に寄って蓮に助太刀を頼んだ。

「ちょうど仲間も、人攫いにかかわりがありそうだと、真代に目をつけていたから一石二鳥だったのよ」

蓮曰く、御上《おかみ》の命《めい》で江戸の「一族」はしばらく前から、増えた人攫いについて探りを入れていた。

柊太郎と溝口が交互に辰江を見張ること一両日で、蓮が手配した新たな女中兼用心棒が別宅へ送られて来た。「病」を理由に暇を出された辰江は、掘り起こした夕の骨と共に豊島村《としまむら》の実方《じつかた》へ戻ったそうである。

義康にとって辰江は、父親の妾にして異母妹の母親という「身内」だった。ゆえに辰江を疑うことなく暮らしてきたことを溝口は悔《く》やんでいたが、それでも辰江を罪には問い難かったようだ。

倉の骨も掘り起こしたそうで、こちらは溝口が回向院《えこういん》に供養を頼んだ。吉原で死したまゆは浄閑寺《じょうかんじ》に葬られたが、牧の亡骸は溝口が当時引き取って、やはり回向院に運ばせていた。

真代とその屋敷を調べたのも、柚花と溝口を結城屋に送り届けたのも、町奉行所へ真代を密告したのも、無論「一族」の者である。

溝口と柚花はこれまた蓮が手配した手形と共に、廻船《かいせん》で伊豆国《いずのくに》へ向かった。道中や伊豆国での面倒を避けるために、蓮は二人を「夫婦」として逃がしたという。

「じゃあ結句、駆け落ちになったのか」

柚花が平癒《へいゆ》する見込みはあまりないように思われる。だが、溝口と本当の夫婦となって、今しばらく――もしかしたら末永く――生きられる見込みは充分あると凜はみている。

梨花は夕との喧嘩《けんか》の理由を溝口にも辰江にも頑《がん》として言わなかったそうだが、佐助には明かしていた。

——もしも私と義康が夫婦になったら、私たちは姉妹になるわね——

——梨花さま、そんな、恐れ多い……——

そんな些細《ささい》なやり取りだったらしい。

お夕さんは、胸中では喜んだのではなかろうか。お梨花さんもそれを判っていながら、でもお夕さんをからかうつもりで、冷たくあしらったのではなかろうか——

溝口は一線を画そうとしていたが、梨花に愛情を抱いていたことは間違いない。

少なくとも、主《あるじ》や妹分として——

柚花への愛情も疑いようはないものの、それが恋心かどうか、梨花の身代わりとしてかどうかは、凜にはしかとは判らなかった。

ただ、溝口と柚花が夫婦として結ばれるならば、かつての要と自分にも、そういった未来があったやもしれないとぼんやり思った。

「柚花さま、湯治で少しは良くなるといいな……」

そうつぶやいた佐助へ、蓮がにっこりとする。

「あなたも、もういいんじゃなくて？」

「何が？」

「追手の心配はなくなったのだから、女に戻ってもいいんじゃないかしら？　女に戻ったら毎日湯屋に行けるわよ。お風呂、気持ちよかったでしょう？」

「おれぁ女に戻る気はねぇぜ。毎日風呂に入らなくても死にやしねぇ。風呂が恋しくなったら、出先でまたちょいと着替えて行きゃあいい」

「着替える、とは？」と、千歳が訊ねた。

永島屋《ながしまや》に泊まった際に「お忍びの姫」役を演じたことを佐助が話すと、千歳が顔をほころばせた。

「お務めを装《よそお》って連れ出してやってくれとは頼んだが、女装させていたとは知らなかった。今なら、お凛さんとは姉弟で通じるからな」

「女装じゃないわ。佐助さんは女なんだから……」

ふと思い当たって、「あの」と凛は口を挟んだ。

「佐助さんがいつまで男でいられるか、博打《ばくち》のねたにでもさせてもらおうかとお稲さんが仰っていましたが、もしやお蓮さんはそれに一口乗られたのでは？」

早々に佐助が女に戻る方へ賭《か》けたのではないかと、凛は推察した。

「そんな話は知らないわ」

蓮はとぼけたが、心当たりがあるのか千歳はくすりとした。

「先生も賭けたの？　どう賭けたの？」

「ずるを防ぐために、身内は賭けてはならぬと蓮に止められた」

「千歳……」

恨めしげに千歳を見やるも束の間、蓮は懲《こ》りずに佐助を誘《さそ》った。

「また『お忍び』で出かけましょう。女の子の格好《かっこう》、とても似合っていたわ。今度はもう少し華やかな着物を着せたいわ。小間物もたくさんあるのよ。くくっただけのその髪じゃ簪《かんざし》は難しいけれど、手絡《てがら》や櫛《くし》は使えるわ」

「けっ、おれぁ姉さん人形じゃねぇ」

「まあまあ、そう言わないで」

結城屋の本店《ほんだな》は大坂にある。江戸店にいるのは蓮のみで、夫の他、十五歳の娘も大坂に置いて来たと聞いている。

「もしや、娘さんのお名前がお蘭《らん》さんなのですか？」

「ううん、娘の名は茉莉《まつり》よ。私が蓮、あなたが凛だから、蘭だと語呂《ごろ》がいいかと思ったのよ」

「蓮、凛、蘭、か。うむ、なかなかいいな。だが、『さい』の方がお前には似つかわしいよ」

「そ、そうかな？　おれは今一つ好きじゃねぇ。賽の目のさいと同じだし、その名で呼ばれていた時は散々だったから……」

「さい、と聞いて、博打の賽を思い浮かべるのは博打打ちだけだ。才能のさい、彩《いろど》りのさい、幸いのさい……私にとっては、お前はそういう『さい』だよ」

「私にとってもよ」

凛が大きく頷く傍ら、柊太郎がからかう。

「けど、おめぇはちと金勘定《かねかんじょう》に細《こま》けぇし、口巧者《くちごうしゃ》で毎日祭りのように騒がしいからよ。俺にとっちゃあ、そういう『さい』だな」

「莫迦野郎《ばかやろう》――いいや、このあんご！　あんごさく！」

柊太郎を除いて、凛たちは一斉に噴《ふ》き出した。「あんご」や「あんごさく」は莫迦や阿呆を意味する伊勢国の方言だ。

「なんだ？　今なんてった？」

「さあな」

つんとしてから、佐助は千歳に小声で問うた。

「先生……おれ、さいに戻った方がいい？」

「お前がそう望むなら、いつでも戻るといい。私はどちらでも構わんよ。お前はどうしたい？」

佐助さんも実はこのままではいけないと、もしかしたら心の底では、女の子に戻りたいと思っているのだろうか……？

凛を始め、大人たちが窺う中、佐助はしばし思案してから言った。

「おれは佐助でいい。佐助の分も生きるって決めたから」

十二

「ごめんください」と、表戸の向こうから男の声がした。

師走《しわす》は九日。七ツの鐘と前後して現れた結城屋の遣いに往診を頼まれて、千歳と佐助が出かけたばかりである。

看板は七ツの鐘で下ろしてあったため、急な怪我や病かと凛は眉根を寄せた。

「先生はいらっしゃいますか？　往診を頼みたいのですが」

心張り棒を外して引き戸を開くと、凛より三寸ほど背が高い剣士が立っている。

「栗山先生は先ほど往診に出たばかりでお留守です。すみませんが、他のお医者さまをあたってくださいませ」

「留守は百も承知だ」

「えっ？」

声を出した途端《とたん》に突き飛ばされた。

とっさに受け身を取ると、立ち上がりざま土間の砂を目潰し代わりに放《ほう》る。

取り落とした心張り棒を拾って構えるも、土間に踏み込んだ剣士が一息に抜いた刀に呆気《あっけ》なく斬《き》り飛ばされた。

剣士の後ろから、今一人、男が身を滑《すべ》り込ませて戸を閉めた。

半分にも満たぬ長さになった心張り棒を凜はなおも剣士に向けたが、剣士はにべもなく命じた。

「騒ぐな。騒げば斬る」

「あなたたちは何者なのです？」

囁《ささや》くように凜は問うた。

「先生に何か恨みでも――」

「恨みがあるのはあんただ」と、剣士の後ろから男が言った。「あんたと清水柊太郎……お前たちのせいでお江《こう》が――仲間が死罪になっちまった」

江は品川宿で凜と佐助が捕まえた人攫いだ。

男の顔に覚えはないが、男は江と深い仲だったか、背格好はあの時取り逃がした駕籠昇きに似ている。台詞から察するに、男は江に想いを寄せていたのだろう。

それから、こちらはおそらく謙之介さんを斬った剣士――

「お菓子屋の娘さんを攫おうとしたのも、あなたたちだったのですね？」

「ああ、そうさ」

「無駄口はいい」

男を止めて、剣士は凜に顎《あご》をしゃくった。

「そいつを捨てて、あそこへ座れ」

刀を突きつけられて、凜は心張り棒を手放した。後じさるようにして上がりかまち代わりの広縁に腰を下ろすと、剣士が男に命じる。

「さっさとお江の仇《かたき》を討て。清水《しみず》がやって来たら厄介《やっかい》だ」

「その前に、ちと味見さしてくれ」

「なんだと？　余計な真似《まね》はするなと言ったろう」

「俺も言ったろう。ただ殺しちまうんじゃ腹の虫が治まらねぇと。なんなら、人質にしちまおうぜ。こいつを盾《たて》にすりゃあ、清水も怯《ひる》むさ」

「人質なぞいらん」

「まあまあ、なるたけ早く済ませるからよ」

懐から匕首《あいくち》を出して剣士に預けると、男は凜を広縁へ押し倒してまたがった。

きっと睨《にら》んだ凜の頬を、男は軽くはたいて笑った。

「器量の割に可愛げがねぇな」

襟が開かれ、露《あら》わになった乳房を鷲《わし》づかみにされて、凜は唇を嚙んだ。

叫べば一太刀で殺される。

事が済んでも殺されそうだが、柊太郎と会するまでは「人質」として生き延びられる見込みが僅《わず》かながらあるようだ。

でも、柊太郎さんの枷《かせ》にはなりたくない——

己への好意ゆえに、柊太郎が戦うことなく殺されることを凛は恐れた。

ならば、今この場で抗《あらが》うべきかどうか迷う間に、男が乳房から手を放して身を起こし、自分の着物の裾をからげて下帯に手をかける。

下帯の上からでも張り詰めた一物が見て取れて、凛は顔を背《そむ》けた。

と、勝手口の方から微かな気配がした。

凛が勝手口を見やるや否や戸が開き、疾風《はやて》のごとく柊太郎が飛び込んで来た。

無言で刀を抜きつつ、瞬時に間合いを詰めて剣士に斬りかかる。

振り向いた剣士が男の匕首を放り出し、飛びしさって一太刀目を避けた。

男が気を取られた隙に、凛は一息に男の股ぐらから身体を引き抜いて、一物ごと思いっきり蹴り飛ばした。

土間に仰向けに落ちた男が股間を押さえ、うめき声を漏らして身をくの字にする。

「こ……この尼っ……！」

「殿方の急所はとくと心得ております。そこで大人しくしていてください」

刀が合わさる音を聞きながら、凛は急ぎはだけた襟を合わせて、剣士が放り出した匕首を手に取った。

鞘《さや》を払うと、互いに間合いを見計らう柊太郎と剣士を窺う。

棒手裏剣のごとく、匕首を構えて剣士へ狙いを定めるも、柊太郎が短く叫んだ。

「手出し無用！」

二人の向こうで、すっと表戸が開いた。

剣士がはっとした刹那、柊太郎が地を蹴《け》った。

繰り出された剣士の刀を弾《はじ》いて一閃《いっせん》、刀ごと剣士の手首が宙に飛ぶ。

戸口の向こうには、小柄《こづか》を構えた慶二の姿があった。伊賀者にして、亡き清衛の腹心《ふくしん》である。

慶二は無言で膝をついた剣士を素早く押さえ込み、挨拶より先に凜に言いつけた。

「縄を」

凜が縄を持って来て差し出すと、慶二は柊太郎と二人がかりで、まずは剣士の腕に血止めを施《ほどこ》し、それから曲者《くせもの》たちをそれぞれ縛り上げた。

「礼は言わねぇぜ」

「言われても困る」

そのつもりはなかったようだが、慶二が戸を開いたことで、剣士に隙ができたことは確かだ。だが慶二が現れなくとも、柊太郎は勝利しただろうと凜も思った。

慶二は以前、柊太郎に斬られたことがある。清衛が千歳を菫の仇だと誤解していた頃に、慶二は清衛を、柊太郎は千歳をそれぞれ助太刀して、斬り合いになったのだ。よって凜は、どことなく冷や冷やしながら二人のやり取りを見守った。

「千歳は留守ですか?」

「はい。少し前に結城屋に出かけました」

「そうですか」

江戸での「お務め」のついでに、千歳の顔を見に寄ったと慶二は言った。表戸の前で斬り合いらしき音を聞き、もしも稽古《けいこ》でなくば、助太刀するつもりで小柄を構えて戸を開いたそうである。千歳が留守だと知って、慶二は凜たちが番人を呼ぶ前に、ろくに事情も聞かずに姿を消した。

「湯屋へ行く前に、夕餉を頼んどこうと思って来てみたら、なんだか嫌な気配がしたからよ。そっと覗いて見たら、謙之介を斬ったやつがいて驚いた」

「驚いたのはこちらです」

勘働きはもちろんのこと、声も上げずに電光石火《でんこうせっか》に斬り込んで来たことに凜は感心していた。もしも声をかけられていたら、剣士は凜を斬った上で構えることができたと思われる。

「おかげで命拾いいたしました。かたじけのうございます」

凛が深々と頭を下げると、柊太郎は苦笑を浮かべた。

「堅苦《かたくる》しいな……けどまあ、お凛さんが無事でよかったよ」

凛が聞いた話では端折《はしょ》られていたが、実は謙之介が斬られた折、柊太郎は謙之介を庇《かば》うべく剣士に斬りかかり、浅手《あさで》を負わせていた。遠目に人影が見えたため剣士は逃げ出したが、仲間が死罪になったことと併せて、自分に一太刀浴びせた柊太郎へ復讐《ふくしゅう》の念を募《つの》らせていたようである。

柊太郎を探し出し、その身辺を探る間に、品川宿で一味を阻《はば》んだ凛と佐助を見つけた。二人は更に、凛を柊太郎の「女」だと誤解した上で仇討ちに及んだ。千歳が武芸に秀でていることは知らなかったらしく、まずは凛たち三人を皆殺しにするつもりでやって来たが、看板が下ろされるのを待つうちに、千歳と佐助は出かけてしまった。男が凛を手込《てご》めにしようと言い出したのはそのためで、佐助をも恨みに思っていた男は、凛で憂《う》さを晴らそうとしたのだ。

長屋の者が呼んで来た番人に二人を引き渡し、野次馬たちがすっかり引いてから、凛はようやく箒《ほうき》を手に取った。

土間《どま》の血痕《けっこん》を掃《は》きながら、凛はしみじみつぶやいた。

「……何はさておき、佐助さんが出かけていてよかったわ」

「まったくだ。佐助がいたら危なかった」

柊太郎が相槌《あいづち》を打ったところへ、佐助が戸口から顔を出した。

「聞こえたぞ！　おれがなんだ？　なんの話だ？」

仁王立《におうだ》ちになった佐助に、柊太郎がくすりとする。

「聞いて驚け。俺とお凛さんで、仇討ちを返り討ちにしてやったのさ」

「うん？　一体何があった？」と、佐助の後ろで千歳も問うた。

事の次第を伝えるも、「手込めにされかけた」とは言いづらく、凛はただ「襲われた」とぼかした。

眉をひそめた佐助へ、凛は微笑んだ。

「でも、柊太郎さんが迅速果敢《じんそくかかん》に助けてくれたのよ」

「ふうん……柊太郎はなんだかんだ頼りになるな」

「そ、そうでもねぇさ」

「なんでぇ。せっかく褒《ほ》めてやったんだから、そう照れんなよ」

「て、照れてなんかねぇ」

人攫いたちよりも慶二が訪ねて来たことに千歳は驚き顔になったが、ついでに寄ったことや、なんの言伝《ことづて》もなく去ったことを話すと苦笑を浮かべた。

もしかしたら、慶二はここを出た足で結城屋に向かったやもしれぬと凛は思っていたが、結城屋でも戻り道中でも顔を合わせることはなかったようだ。

「しかし、二人とも無事でよかった」

「うん。それにしてもよぅ……お凛さんが柊太郎の女だなんて、そいつらの目は節《ふし》穴《あな》だな」

「そのことなんだが、お凛さん」と、柊太郎。

「なんでしょう？」

「この際、俺と一緒にならねぇか？」

　思わず目をぱちくりした凛へ、柊太郎がにっこりとする。

「いやあ、まったく惚《ほ》れ惚《ぼ》れしたぜ。あの度胸に身のこなし——俺のかみさんはお凛さんの他には考えられねぇ」

「……お断りします」

「なんでだよ？　振られ女っての嘘だったんだろう？」

　凛は以前、やはり冗談交じりの柊太郎の妻問いを「男は懲《こ》り懲《ご》り」として断っている。栗山庵に入り込むために「振られ女」として身投げを装ったが、苦界《くがい》で過ごした過去から男は懲り懲りだという気持ちに変わりはない。

「そうですけれど、そのことと身を固めるかどうかは別のお話です」

「ちぇっ。俺ぁ諦めねぇからな」

　わざとらしくむくれた柊太郎へ、佐助が鼻を鳴らした。

「しつけぇぞ。そもそも厚かましいんだよ」

「厚かましい？」

「お凜さんはおれの大事な大事な――弟弟子だぞ。いくら強くても、稼ぎのねぇ男にはやれねぇや」

「む……」

言葉に詰まった柊太郎と佐助の腹が同時に鳴った。

二人が揃って互いの腹を見やるのへ、凜と千歳はこれまた揃って噴き出した。

「夕餉は外で済ませよう」

「助かります。夕餉の支度どころではありませんでしたから……」

連れ立って表へ出ると、佐助が片手で器用に錠前をかける。

ぴゅうと吹きつけた寒風に凜が思わず身を縮めると、佐助が凜に身を寄せた。

「くっついて行こう」

「寒いものね」

凜が佐助の肩を抱くと、佐助は小さく首を振ってにんまりとする。

「おれはそうでもねぇけど、柊太郎に焼き餅焼かしてやりてぇからよ」

「佐助……てめぇ、この莫迦――あんご！　あんご野郎！」

「あはははは！」

佐助につられて笑うと、寒さが一息に和《やわ》らいだ。

もう二十日余りで新たな年がくる。

夕刻、多くの者が急ぎ足で行き交う中、凜たち四人はゆったりと、ひとかたまりに飯屋へ向かった。

本書は書き下ろし作品です。

本文中、現在は不適切と思われる表現がありますが、差別的な意図を持って書かれたものではないこと、また作品が歴史的時代を舞台としていることなどを鑑み、原文のまま掲載したことをお断りいたします。

著者紹介

知野みさき（ちの　みさき）

1972年、千葉県生まれ。ミネソタ大学卒業。2012年、『鈴の神さま』でデビュー。同年、『加羅の風』（刊行時に『妖国の剣士』に改題）で第4回角川春樹小説賞受賞。著書に「上絵師 律の似面絵帖」「江戸は浅草」「神田職人えにし譚」「深川二幸堂 菓子こよみ」「町医・栗山庵の弟子日録」シリーズなどがある。

ＰＨＰ文芸文庫　神隠し
町医・栗山庵の弟子日録（二）

2024年11月21日　第1版第1刷

著　者　知野みさき
発行者　永田貴之
発行所　株式会社ＰＨＰ研究所
東京本部　〒135-8137　江東区豊洲5-6-52
文化事業部　☎03-3520-9620（編集）
普及部　☎03-3520-9630（販売）
京都本部　〒601-8411　京都市南区西九条北ノ内町11

PHP INTERFACE　https://www.php.co.jp/

組　版　株式会社PHPエディターズ・グループ
印刷所　TOPPANクロレ株式会社
製本所　東京美術紙工協業組合

ISBN978-4-569-90438-2

PHP文芸文庫

仇《かたき》持ち

町医・栗山庵の弟子日録（一）

知野みさき　著

兄の復讐のため、江戸に出てきた凜。仇に近づく手段として、凄腕の町医者・千歳の助手となるが――。人情時代小説シリーズ第一弾！

PHP文芸文庫

いやし

〈医療〉時代小説傑作選

宮部みゆき、朝井まかて、あさのあつこ、和田はつ子、知野みさき 著／細谷正充 編

時代を代表する短編が勢揃い！　江戸の町医者、歯医者、産婦人医……命を救う者たちの戦いと葛藤を描く珠玉の時代小説アンソロジー。

PHP文芸文庫

きたきた捕物帖

宮部みゆき 著

親分の跡を継いで岡っ引きたらんとする北一が、相棒・喜多次や親分のおかみさんの力を借りて成長し、事件を解決していく大好評のシリーズ第一弾。

PHP文芸文庫

鯖《さば》猫《ねこ》長屋ふしぎ草紙(一)〜(十一)

田牧大和 著

事件を解決するのは、鯖猫!? わけありな人たちがいっぱいの鯖猫長屋で、次々に不可思議な出来事が……。大江戸謎解き人情ばなしシリーズ。

PHP文芸文庫

おいち不思議がたり

あさのあつこ 著

舞台は江戸。この世に思いを残して死んだ人の姿が見える「不思議な能力」を持つ少女おいちの、悩みと成長を描いた人気シリーズ第一弾。

PHP文芸文庫

蔦屋の息子

耕書堂商売日誌

泉 ゆたか 著

二〇二五年大河ドラマで話題！ カリスマ出版人・蔦屋重三郎と彼に弟子入りしたクールな青年・勇助による、江戸のお仕事小説。